자네,
어디로 가고 있나

자네,
어디로 가고 있나

좋은땅

머
리
말

　부처님의 팔만 사천 법문과 조사, 선사 스님들의 그 방대한 어록이 오직 나 한 사람 때문에 쓰였다는 사실을 당신은 알고 있는지요? 일체중생들이 모두 눈을 떠도 내가 눈을 뜨지 못한다면 아무런 의미가 없습니다.

　부처님께서 바른 깨달음을 이루시고 당신이 깨친 이 심오한 진리를 설할까? 아니면 포기할까?에 대하여 깊은 고민에 빠졌을 때, 부처님 앞에 제석천이 급히 나타나 간청하기를 "세존이시여! 이 세상에는 그래도 때가 덜 묻은 이들이 있습니다. 그들을 버리지 마소서!"라고 세 번을 간청하자. 부처님께서는 "내 이제 감로의 문을 여나니 귀 있는 자는 들어라. 낡은 믿음을 버리고."라고 하시면서 승낙하셨습니다. 그들 중 때가 덜 묻은 사람이 바로 당신입니다.

　이 책이 세상 밖으로 나오게 된 계기는…. 저는 해인사 승가대학에 입방해서부터 매 철마다 단기 원력을 세웠습니다. 2학년 동안거를 앞두고 이번 철에는 무엇을 할까를 고민하던 중, 우연히 어느 스님의『금강경』을 접하고 '이렇게 하는 것보다는 이렇게 하면 더 좋겠다.'라는 생각이 들어, '이 경을 더 맛나게 기획, 편집하여 평생 지니고 다니면서 공부로 삼아야겠다.'라고 다짐을 하고 만들었습니다. 그 샘플을 들고 제본을 하기 위해 출판사에 갔었는데, '이것은 제본할 것이 아니라 출판할 것이다.'라고 하여 전국 강원 스님들께 3,000부를 법보시하게 되었습니다. 그 인연으로, 그때부터『금강경』과 편지글을 항상 바랑에 넣고 다니며 부처님의 말씀을 전달하였습니다. 지금까지 13년 동안 인연의 고리로 엮어 가는 중, 주위 사람들이 그 글을 보고 "책으로 엮으면 참 좋겠다."라고 해서, 그동안 써 준 편지글들과 수행하면서 틈틈이 적어 둔 몇 글자, 관솔 탑, 사진을 정리하여 한 권의 책을 엮고자 큰 용기를 내었습니다.

막상 출간하자니 가슴이 설렙니다. 모자람은 겸허히 채찍으로 받고 칭찬은 깊은 관심으로 새기겠습니다. 여래는 본래 한마디도 한 적이 없었으나 부족한 내가 나를 세우려고 애쓴 흔적들이 부끄러움을 더해 갑니다.

이 책의 내용은 주로 경전이나 불교 관련 서적을 인용하였습니다. 여러 해를 거듭하여 카톡이나 문자로 부처님의 말씀과 내 생각을 전하다 보니, 중요하고 되새길 만한 내용은 한두 구절이 중복되는 경우도 있습니다. 이 책의 모든 내용은 이 책과 인연 닿은 분들이 오직 괴로움에서 벗어나는 데 미약하나마 도움이 되었으면 하는 바람에서 쓰였습니다.

 딸꾹질이 자기도 모르게 멈추듯, 일체중생이 하루빨리 모든 고통에서 벗어나 해탈 성불하기를 발원하며.

신축년 늦가을
낙엽 쌓인 여래사에서
재 천 再 泉

늘 있는 듯 없고, 없는 듯 있는 것이
시방 법계(十方 法界)의 주인이 되어
인연 닿을 때마다 모르는 것이 없더라.

보이면 보는 것이 나이고
들리면 듣는 것이 나이지
그 외 다른 것은 하나도 없더라.

닿는 곳마다 하나 되니
분별이 끊어지고
미움도 사라지고
시비가 본래 없더라.

자네, 어디로 가고 있나

5   머리말

8   작가의 말

제1부

내 곁에 바람을 멈춰 세우고

16   인연(因緣)

18   촉(觸), 닿다

20   어디 갔노

22   봄

24   안팎이 본래 없다

25   공(空)

26   꽃망울

28   도량 청소

29   자취 없는 발자국

30   들꽃

31   아름다운 인연

32   금과옥조 같은 소중한 인연

34   당신은 지금 즐거우십니까?

35   우물

제2부

영원의 이해

38　　　영원한 사랑

40　　　주인인 당신이 왜 하인으로 삽니까?

42　　　어찌할 수 없네

44　　　이불병좌(二佛幷坐)

45　　　무적도(無蹟盜)

46　　　봉정암 가는 길

48　　　연꽃 사랑

50　　　연꽃의 일생(사진)

52　　　연생무생(緣生無生)

53　　　진품과 짝퉁

54　　　환즉실재(幻卽實在)

56　　　좁쌀도 꽃을 피워 열매를 맺는다

58　　　그놈

60　　　죽은 소에게 풀을 먹이다

66　　　오뚝이(노래 가사)

68　　　헛걸음

제3부

중(僧) 머리 시린 날

70 　차 한잔

72 　인류 역사상 가장 위대한 사건은 무엇일까?

74 　대자유

75 　한길 몸속에서 피는 꽃

76 　낙엽

78 　무서운 농담

80 　오빠야 진짜가

82 　내가 나(오취온)를 버릴 때 참 '나'는 드러난다

84 　본래 그 자리

85 　나무젓가락

86 　일미진중함시방(一微塵中含十方)

87 　콩나물시루

88 　황금시간

90 　목단

92 　내가 나를 벗다

94 　부처님 오신 날

96 　생각과 자각

98 　나머지 반년과 남은 인생을 위하여

제4부

생겨남으로 소멸되는 존재와 무

104   청정법신 비로자나불

106   마주할 때 드러난다

108   어리석은 자는 모르리

110   인과는 분명하지만 그 실체는 없다

112   빈손 왕래

114   가장 아름다운 소통은 칭찬이다

115   희망

116   소나무가 좋다

118   관솔탑

120   4층 탑의 원리

122   놓아라 놓아

124   방편이 곧 진실이다

128   망상(妄想)

130   나의 연못에 핀 연꽃은 내 것이다

제5부
편지글과 카톡(문자)으로 보낸 긴 글

136 『금강경』과 인연 되는 고귀한 당신께

140 부처의 종자

144 여름은 어디로 갔는가

147 수어불이(水魚不二)

150 아름다운 문자(文字)

156 매일 씻는 쌀알만큼 중생을 구제하겠다

160 처음과 끝

164 살 말고 아상(我想)을 빼라

166 내 안의 중생을 제도하라

170 내가 지은 복은 반드시 내가 받는다

174 인과(因果)는 수학공식보다도 더 정확하다

178 죄(罪)의 자성이 본래 공하다

182 거룩한 침묵(沈默)

185 시간의 기원

188 천상의 옷 단풍이 피기까지

190 우주의 주인

192 어버이날을 축하하며

194 온 곳 없이 생겼다가 간 곳 없이 사라진다

196 무엇이 걱정인가

202 꿈 깰 시간이 그리 많지 않다

206 생사가 본래 없다

210 솥 속에 넣어진 꽃게

216 이 세계는 누가 만든 것인가

220 해인사 용맹정진

224 괴로움의 종식

228 12월 31일

제1부

내 곁에 바람을 멈춰 세우고

인연(因緣)

풍경이
지나가는 바람을 멈추게 하니

그 바람이
소리라는 또 하나의 풍경을 낳고

그 소리의 인연이
내 귓전에
잠시 머물다
또 바람이 되어 떠나는구나.

자네, 어디로 가고 있나

※ 우리의 인생은 마치 풍경소리가 내 귓전에 잠시 머물다 떠나
　가듯이 아주 짧다.
　일체중생에게는 각 생명체에 맞게 시간이 주어졌다. 그 짧은
　시간을 잘 활용하여 자기 자신을 이기는 자가 진정한 승리자
　이고 대장부다.
　전 세계 CEO들이 전 재산을 주고서라도 사고 싶어 하는 게 바
　로 "시간"이라고 한다.

촉(觸), 닿다

너와 처음 마주하던 날

내 마음속에
너의 모습
너의 이름
너만의 향기 가득 담겼다.

나와 인연 닿지 않았다면
너의 모습도
너의 이름도
너만의 향기도
나에게는 없다.

세상 이치도 그렇다.

※ 나와 대상인 꽃과 인연이 닿으면 꽃이라는 분별 의식인 안식 (眼識)이 생긴다. 이를 "삼사 화합이 촉이다."라고 한다. 이것은 인연 화합에 의해 생긴 것이기 때문에 고정불변하는 실체가 없다. 실체 없는 것을 있다고 착각하고 살아가는 것이 중생이다. 비행기를 본 적 없는 부시맨이 비행기를 새라고 했던 것을 상기해 볼 일이다.

어디 갔노

봄은
꽃을 피워 놓고

바람은
나뭇가지 흔들어 놓고

또 지나가는구나.

객(客) 홀로 남겨 두고
남산 주인 자취를 감추었네.

자네, 어디로 가고 있나

※ 봄은 꽃을 피워 놓고 모습이 없듯이 이 몸은 있는데 이 몸을 만
든 놈이 없다. 귀신 곡할 노릇이다. 그래서 삶이 삶을 사는 것
이지 내가 삶을 사는 것이 아니다. 그러므로 무아(無我)이다.

서울 동국대 석사과정 때, 꽃비가 내리던 4월 어느 날 남산 팔
각정으로 야외 수업을 받기 위해 가던 중.

봄

찬바람이
몸을 휘감고 가지를 흔들어도
그 마음을 드러내지 않더니.

봄바람이
스쳤을 뿐인데
묻어 두었던 보물상자를 열어 보이는구나.

이제 너의 본심을 알았네.

이것이
너인 것을.

자네, 어디로 가고 있나

※ 꽃과 나무들이 봄에 꽃을 피울 수 있는 것은 날씨가 따뜻하고 바람이 부드럽기 때문이다. 사람도 남에게 따뜻하고 부드럽게(봄) 용기를 북돋아 주면, 그 상대는 자신이 누구에게도 말하지 않았던 귀한 음식과 중요한 정보를 아낌없이 주게 된다. 하지만 꽃과 나무들도 악하고 강하면(겨울) 모든 통로를 닫아 버리고 침묵한다. 인간관계에서도 마찬가지다. 그러니 그대들은 누구를 만나든, 무엇을 대하든 따뜻하고 부드럽게 응대하라. 이 세상 모든 존재, 귀천을 막론하고 함부로 대하여서는 안 된다. 이것이 우리의 본심이고 부처님의 자비이다.

안팎이 본래 없다

이 몸 사방팔방 분주히 다녔건만
상(相)으로 비치는 이 몸도
허공 줄에 매달려 있는 저 하늘도
나의 드넓은 마당에서 드러나네.
안팎이 없는 그 자리에서.

※ 내 마당의 넓이와 우주의 넓이는 어느 한쪽이 더 넓지 않고 온
   우주의 무게와 나의 무게는 어느 한쪽이 더 무겁지 않다.

자네, 어디로 가고 있나

공(空)

새 날아간 하늘에 발자국이 보이지 않는다.
오리 떼 헤엄친 뒤 물결이 고요하다.
우리는 무슨 흔적을 남기려고 이리도 바쁜가?

※『금강경』때문에 서울을 몇 번 왕래했는데 그때, 바삐 움직이
 는 서울 사람들을 보고.

꽃망울

터질 듯 말 듯한 꽃망울
누구 때문에 맺었는가?

발걸음 멈춘 당신 때문에 맺었네.

당신이 아니었다면
난들 어찌 당신의 이목을 끌 수 있었겠는가?

당신이 나를 보고 있는가?
내가 당신을 보고 있는가?

아니면
서로가 마주 보고 있는가?

서로 마주 보니
할 말 잊었다.
그냥 피식 웃었다.

서로

자신이 자신의 모습을 보고 있다는 것을 알고.

도량 청소

해인사 도량에
지렁이 한 마리 죽어 있었다.

도량 청소 다음 날
개미 떼들이 무거운 지렁이를
어디론가 끌고 가고 있었다.

도량 청소 다음다음 날
지렁이도 개미도 보이지 않았다.

※ 그 개미와 지렁이는 그때 나의 드넓은 마당에서 온 곳이 없이
생겼다가 그때 간 곳이 없이 사라졌다. 이 몸과 만물 만상은
나의 마당에서 뛰어놀다 사라지는 꽃사슴들.

자네, 어디로 가고 있나

자취 없는 발자국

눈길 닿는 곳마다 보이지만
보는 나 없이 보고

소리 나는 곳마다 들리지만
듣는 나 없이 듣네.

초파일을 맞이하여
법당과 도량을 왔다 갔다 하지만
그 자취 또한 없네.

그 없는 가운데
하늘에 흰 구름 한가롭고
도량에는
참새가 종종 걷고 있구나.

들꽃

고운 자리 아니어도
돌 틈 사이에 피어나도 기뻐하는 꽃.

이름표 없어도
당당히 피어나는 꽃.

나비도 잠자리도 쉬었다 갔니?

힘센 비바람이 너를 스쳐도
뜨거운 햇살에도 꿈쩍 않더니

동네 개구쟁이가 예쁘다며
꺾어 버릴까 봐
가슴이 콩콩 뛰는구나.

자네, 어디로 가고 있나

아름다운 인연

삼라만상에 끝없는 띠를 드리우니
그 인연으로 무상(無常)의 씨앗을 잉태하고

풍경이 지나가는 바람을 멈춰 세우니
그 바람이 풍경 소리를 낳고

그 어떤 약속한 적 없고
인연의 바퀴가 몇 번인지 몰라도
또 봄은 내 곁에 와 있네.

연리지의 필연이나
소매 끝 찰나의 인연이나
본래의 모습은 다르지 않네.

※ 삼라만상이 생겼다가 소멸하기를, 수억 겁을 되풀이해도 허
공은 늘 그대로이듯이 우리의 본성도 마치 이와 같다.

금과옥조 같은 소중한 인연

우리 각자의 인생에 있어서 나와 인연 되는 한 사람 한 사람의 소중함은 말과 글과 생각으로 다 표현할 수가 없다. 왜냐하면 그 한 분 한 분이 이어져 나의 인생을 완성하기 때문이다. 그 고귀한 사람들은 마치 종을 울리기 위해 세워진 도미노와 같은 귀한 인연들이다. 수십만 개의 도미노 중 한 개만 빠져도 그 도미노는 결국 종을 울릴 수 없는 것처럼, 나의 인생 여정에서 착한 사람이든 악한 사람이든 그중 한 사람만 빠져도 나의 인생은 없기 때문이다. 그래서 "나무는 엄동설한에도 봄을 기다릴 줄 알고 새는 삼복더위에도 깃털을 벗지 않는다."라고 한다.

우리의 찬란한 오천 년 역사에도 성군과 폭군이 이어져 역사가 되었듯이, 깊은 산골짜기에서 시작한 발원지의 물이 계곡과 강을 만나 바다에 이르는 동안 어찌 깨끗한 인연만 만났겠는가? 그러니 인연은 거스르는 것이 아니고 수용(受用)하는 것이다. 아무리 붙잡아도 내 인연이 아니면 떠날 수밖에 없고, 아무리 내쳐도 내 인연이면 함께할 수밖에 없는 것이 인연이다. 그 인연은 모두 나의 신구의(身

口意) 삼업이 무르익어 나타난 것이다.

오늘도 꽃 같은 인연 지으소서!

당신은 지금 즐거우십니까?

일본 후쿠오카시에 거주하는
다나카 가네(田中力子) 할머니는 세계 최고령자.
1903년에 태어나 올해 118세인 할머니는 120세까지 건강
하게 살고 싶어 한다.

초콜릿 과자를 좋아하고
탄산음료를 좋아하고
만두와 커피도 자주 먹는다.

치매가 두려운 할머니는
매일매일 오델로 게임으로 두뇌를 자극한다.

기자들이 가장 즐거웠던 일을 묻자
"지금이 가장 즐거워"라고 답했다지.

메이지 36년에 태어나
역사의 산증인인 할머니
유인 동력 비행의 세계사와 함께 출발한 인생.

우물

하루 종일
우물을 팠습니다.

내 목마를까 봐 파는 것도 아니고
우물에 비친 달그림자 보려 함도 아니다.

마음 도량에 티 없이 맑은
나의 참모습 드러날 때까지 팠다.

혹시 흐려질까 봐
항상 마음속에 우물을 파고 있다.

제2부

———

영원의 이해

영원한 사랑

하늘과 땅 사이
모두 채워도 모자랄
그 이름 부처님.

내 사랑 전부 주어도
부족한 부처님.

그 사랑 깊이
그 사랑 높이
그 사랑 크기 헤아릴 수 없으니

그 사랑받기가 과분하여
가슴에 묻어두고 가끔씩 끄집어냅니다.

영원한 사랑은 없다고들 하지만
내가 받은 사랑은 변하지도 않습니다.
잊히지도 않습니다.

자네, 어디로 가고 있나

당신이 있기에 내가 존재합니다.

그 사랑 영원할 것입니다.

주인인 당신이 왜 하인으로 삽니까?

무한한 허공에 현상계로 나타난
일체 모든 모양은

모양으로 나타나 보이지만
그 모양이 실체가 없으니
있어도 있는 것이 아니고

그 모양이 실체가 없지만
모양으로는 나타나 보이므로
또한 없는 것도 아니다.

이 양변을 여의면서 또한 아우르는 것을
이름하여 중도(中道)*라고 한다.

모양으로 나타나 보이는 것이
모두 실체가 없는 환(幻)이기 때문에

　　　　　　　　　　　　　　자네, 어디로 가고 있나

끝없이 펼쳐진 이 우주법계는
실재(實在)밖에 없다.

그 실재가 바로
천상천하유아독존(天上天下唯我獨尊.)*이다.
즉 '나' 하나밖에 없다는 말이다.

이때의 '아'가 바로 '무아'이다.
'참나' '한 물건' '주인공'이라고도 한다.

당신이 바로 이 우주법계의
유일무이(唯一無二)*한 진짜 주인입니다.

혹시 주인인 당신이
하인의 삶으로 살아가고 있는 것이 않은지요?

* 중도: 어느 한쪽으로 치우치지 않은 바른 길.
* 천상천하유아독존: 하늘 위, 하늘 아래 오직 나 홀로 존귀하다.
  즉 우주 가운데 나보다 존귀한 사람은 없다.
* 유일무이: **오직 하나뿐이고 둘도 없는.**

어찌할 수 없네

나문들
강한 비바람을 원했던가?

물고긴들
거센 풍랑을 바랐던가?

우린들
악연을 만나고 싶었겠는가?

모두가
몸이 있는 한 받아야 할
피할 수 없는 인연(因緣)인 것을….

이불병좌(二佛并坐):
두 부처님이 한자리에 앉다

우주의 모든 기운이 동참하여 세운

이 몸이

다보불이요

그 속에 상주하며 설법하는

이 마음이

석가여래입니다.

이 꽃 저 꽃

부처님 사랑

피어나지 않은 곳 없으니

어찌

신구의(身口意)로 다 말할 수 있으리오

※ 이 삼계는 오직 각자의 마음에서 생겨났다 소멸되는 비실체
   적 연기이다. 그래서 부처님께서는 "한길 몸속에 있는 세간"
   이라고 말씀하신 것이다.

무적도(無蹟盜)

연기를 훔치는
바람처럼

이슬을 앗아 가는
햇살처럼

우리도
홀연히
세월이 낚아 갈 테지

※ 형상이 있는 도둑놈에게는 대항이라도 할 수 있지만, 모양(뼈
   와 근육)이 없는 큰 도둑놈(세월)이 찾아오면 손 한 번 쓰지
   못하고 속수무책 잡힐 수밖에 없다.
   좀도둑은 자취를 남기지만 큰 도둑은 절대 흔적을 남기지 않
   는다. 큰 도둑놈이 오기 전에 단디 준비해야만 한다. 준비는
   지금 바로 실행해야 한다. 내일이면 늦다.
   태초 이래 세월에 낚이지 않은 고기는 단 한 마리도 없었기 때
   문이다. 미끼도 없이 그렇게 많은 온갖 잡어를 낚아 놓고도
   낚았다는 흔적을 전혀 남기지 않는 큰 도둑이 바로 세월이다.

봉정암 가는 길

산이 아무리 높아도
지나가는 구름 잡지 못하듯이

큰 돌 작은 돌이 아무리 촘촘해도
흘러가는 물 막지 못하듯이

구절양장의 험준한 돌계단이
나를 힘들게 하여도

깨달음을 향한 구도의 길
그 누구도 막지 못하네.

연꽃 사랑

수많은 꽃들 중에
내 마음 묶어 둔 너는 어디서 왔는가?

진흙물 속에서도
더러움과 타협하지 못하는 꼿꼿한 성품은
부처님의 가르침인 것을.

둥근 원을 그리는 넉넉한 잎은
거센 비바람의 고통을 춤추듯 승화시키고
선악의 갈등도 묻어 버리는 듯하네.

두 손 모아 기도하는 듯한 꽃잎의 자태는
함부로 만질 수 없어도
세상을 밝혀 주는 듯한 환한 모습은
그 아름다움을 표현할 길이 없구나.

그 향기 가까이 다가가도 알 수 없으나

자네, 어디로 가고 있나

멀어질수록 더욱 그리움으로 남게 하네.

꽃지는 소리 들어 본 적 없으나
알알이 맺은 씨접시는 깨달음의 결실인가?

연꽃
너는 나의 도반이고
꿈속에서라도 뵙고 싶은 부처님 같구나.

너는
부처님 말씀을
올바른 길로 밝혀 주는 연등이었지.

네가 나에게 머물고 있고
내가 너와 마주 보고 있는가?

연꽃
너는 부처님이 나에게 보내신 선물인가?

부처님을 닮아 가고 싶은 나의 의지
너를 보니 알 것 같다.

연꽃의 일생

연꽃이 피는 과정

연꽃이 지는 과정

연생무생(緣生無生): 인연 화합에 의해 생겨난 것은 생겨나도 생겨난 바가 없다

한 벌의 옷도 풀어헤쳐 놓으면 본래 천 조각이고
한 채의 집도 풀어헤쳐 놓으면 본래 천들 만산이듯
한 사람의 몸도 풀어헤쳐 놓으면 그대로 삼라만상인 것이
다. 여기에

"무엇이 나의 것이고
무엇이 나이고
무엇이 나의 자아인가?"

그 모두
실체가 없는 환(幻)인 것을……

연생무생. 무여 문봉선 書

자네, 어디로 가고 있나

진품과 짝퉁

짝퉁도 진품에서 나왔지만
명품 이름표 달았고

그 진품 명품이라 뽐내지만
어떤 이는 짝퉁 아닐까 의심하기도 하네.

진품과 짝퉁 표현은 다르지만
둘이 아니고

이것 또한 본래 있었던 것도 아니지만
나타날 때는 모두 명품으로 드러난다네.

환즉실재(幻卽實在): 환이 곧 실재이다

『금강경』제32분 응화비진분(應化非眞分)의 유명한 사구게송이다.

　일체유위법(一切有爲法)
　여몽환포영(如夢幻泡影)
　여로역여전(如露亦如電)
　응작여시관(應作如是觀)

　서로 조건에 의지하여 생겨난 일체 모든 것은
　꿈, 환과 같고 물거품, 그림자 같으며
　이슬과 같고 또한 번개와 같은 것이니
　응당히 이와 같이 관할지니라.

　천태대사 지의(智顗: 538~597)의 오시교(五時敎)*에 의하면 부처님께서는 물질에 집착하는 저희를 위하여 무려 21년 동안이나 반야경(600부)을 설하셨다고 한다. 위 제목 응화비진분(應化非眞分: 조건에 의지하여 나타나 보인 것은 참된 것이 아니다.)이라고 했는데 즉 일체가 꿈, 물거품, 번개와 같은 것이니 집착하지 마라는 뜻이다.

조건에 의지하여 생겨난 일체 모든 것이 연생무생(緣生無生)이기 때문에 환이고, 환은 모양은 있지만 실재로 있는 것이 아니기 때문에 그대로 실재이다. 환은 마치 아지랑이와 같다. 아지랑이는 눈에 보이지만 실재로 없기 때문에 환즉실재뿐이다.

* 오시교(五時敎): 부처님께서 49년 동안 설하신 팔만대장경의 내용을 시간의 흐름에 따라 다섯 단계로 분류한 것을 말한다.
  첫째: 화엄시(華嚴時) 성도 후 최초의 삼칠 일간
  둘째: 아함시(阿含時) 12년
  셋째: 방등시(方等時) 8년
  넷째: 반야시(般若時) 21년
  다섯째: 법화열반시(法華涅槃時) 8년

좁쌀도 꽃을 피워 열매를 맺는다

좁쌀이 작아도 꽃을 피워 열매를 맺듯
타조 머리가 비록 작아도 몸통을 끌고 다니듯
부처가 될 선근공덕도 작은 것에서부터 시작한다.

석가모니 부처님의 전생인 수메다 선인이었을 때, 연등
불께서 오신다는 소식을 갑자기 들은 수메다는 마음이 급
했다. 그 부처님이 진흙탕을 밟지 않도록 하기 위해 자신
이 묶었던 머리를 풀어헤치고, 몸을 땅 위에 엎드리고 팔을
쭉 뻗어, 그 등을 밟고 지나갈 수 있도록 준비를 마치고서,
"부처님 이곳을 밟고 지나가소서."
"사람의 머리를 어찌 밟겠는가."
"오직 부처님만이 그러실 수 있습니다."
"연등불께서 환한 미소를 보이며 말씀하셨다."
그때 연등불께서는 수메다에게
"백 겁의 세월이 흐른 뒤 그대는 사바세계에서 여래, 등
정각이 되어 샤카무니가 될 것이다."라는 수기를 받고 그
인연이 무르익어 부처님이 되셨다. 그분이 바로 석가모니

부처님이시다.

(대한불교조계종교육원 부처님의 생애 편찬위원회,

『부처님의 생애』, 조계종출판사, 2010, p. 20)

42.195km의 마라톤으로 바르셀로나 올림픽에서 금메달을 목에 건 황영조 선수도 한 걸음에서 출발했고, 지금의 삼성그룹도 1936년 마산에서 협동 정미소 창업을 시작으로 성장한 것이다. 그러니 목마를 때 물 한 잔 건네주고, 추위에 떨고 있을 때 따뜻한 커피 한 잔 대접하고, 힘들어하는 사람에게 위로의 말 한마디가 평생 잊을 수 없는 고마움이 되어 그 공덕들이 모이고 쌓이고 익어서 끝내 반야의 씨앗에 싹을 틔어 꽃을 피운다.

오늘은 공덕을 짓기 가장 좋은 날입니다.

그놈

무시 이래로
한순간도
떨어진 적 없으면서도
만날 수 없었던
그놈

머리도 꼬리도 몸통도 없지만
온갖 도구를 이용할 줄 아는
그놈

눈도 없으면서 독수리
코도 없으면서 개코
입도 없으면서 청산유수 같은
그놈

몸과 입과 생각으로는
도대체 알 수 없더라

하지만, 알 수 있다

마주하면

죽은 소에게 풀을 먹이다

옛날 보살이 수행할 때
땅이 많은
한 지주의 집에 태어나
수자타라 불리었다.

그가 성년이 되었을 때
할아버지가 돌아가셨다.

그의 아버지는
부친이 돌아가시자

화장터에서 뼈를 가져다
정원에 흙 탑을 세우고
그 안에 모셔 두었다.

밖에 나갈 때면
탑에

꽃을 올려놓고
부친 생각에 통곡하였다.

그는 목욕도 하지 않고
향유도 바르지 않고
음식도 먹지 않았다.

이것을 본 수자타는
아버지의 슬픔을 달래 주기 위한 계책으로
길에서 죽은
한 마리 소 앞에
풀과 물을 갖다 놓고
"먹어. 어서 먹어." 하고 말했다.

이 모습을 본
마을 사람들이

"수자타가 미쳤다.
죽은 소에게 풀과 물을 주다니."

마을 사람들이

이 사실을
수자타 아버지에게 알렸다.

이 말을 들은 아버지가
아들이 있는 곳에 달려가 말하길,

죽은 소에게 풀을 먹으라 하다니
아무리 먹을 것과 마실 것을 주어도
한 번 죽은 소는
다시 일어설 수 없다.
어리석은 아들아!

수자타가 말하길,

소의 머리는 그대로 있고
발과 꼬리가 그대로 있으니
틀림없이 일어날 것입니다.

그러나 아버지!
할아버지는 머리도 없고
손발도 없는데,

자네, 어디로 가고 있나

흙 탑 앞에서 울어 대는
아버지야말로 어리석지 않습니까?

이 말에 정신을 차린 아버지는
내 아들은 지혜롭구나.

이 세상일도
저 세상일도 환히 알고
나를 깨우쳐 주기 위해
그런 일을 했구나.

이 일이 있은 뒤
아버지는
죽음을 두고
더 이상
슬퍼하지 않게 되었다.

(현탁 엮음, 『끓는 물에 피는 연꽃 1』,

보리수잎, 2016, p. 161~163)

※ 부처님께서 정각을 이루시고 세상 사람들에게 가르침을 망설인 이유는 "영혼의 불멸성을 믿는 그들에게 영혼은 독자적인 실체로 존재하지 않는 것이며 사후에 영혼이 생존하는 것도 아니라는 나의 교의를 수용하도록 만드는 일이 얼마나 힘겨울 것인가."를 고민한 것이다.

(이학종 지음, 『붓다 연대기』, 불광출판사, 2021, p. 256)

장작이 탈 때는 불꽃도 춤을 춘다. 하지만 연료인 장작을 더 이상 공급되지 않으면 그 불꽃은 스스로 꺼진다. 이때 그 불꽃은 어디로 갔는가? 부처님께서는 "그 질문이 도리어 이상하지 않는가?"라고 반문하셨다.

우리의 의식은 잉태를 조건으로 의지하여 생겨난다. 육신이 흩어지면 그 의식은 어디로 갈 수 있겠는가?

자네, 어디로 가고 있나

오뚝이(노래 가사)

작사: 박영락(재천), 작곡: 김영락, 가수: 김용국

1.

여자는 넘어져도 엄마는 일어난다.

남편이 속을 썩이고 자식이 골탕 먹여도 오뚝이는 일어난다.

넘어지고 자빠져도 또또 일어난다.

시집살이 힘들어도 세상살이 고달파도 오뚝이는 일어난다.

돈 걱정 집안 걱정이 넓은 바다 같아도

넘어지고 자빠지고 또또 넘어져도 오뚝이는 일어난다.

자빠지고 넘어져도 또또 자빠져도 오뚝이는 일어난다.

부모 노릇 힘들어도 인생살이 눈물겨워도 오뚝이는 일어난다.

2.

남자는 자빠져도 아빠는 일어난다.

아내가 속을 썩이고 자식이 애를 먹여도 오뚝이는 일어난다.

넘어지고 자빠져도 또또 일어난다.

가장 노릇 힘들어도 세상살이 고달파도 오뚝이는 일어난다.

돈 걱정 집안 걱정이 넓은 바다 같아도

넘어지고 자빠져도 또또 넘어져도 오뚝이는 일어난다.

자빠지고 넘어져도 또또 자빠져도 오뚝이는 일어난다.

부모 노릇 힘들어도 인생살이 눈물겨워도 오뚝이는 일어
난다. 오뚝이는 일어난다.

* 오뚝이 = 불성
* 여자, 남자 = 중생
* 엄마, 아빠 = 보살, 부처

헛걸음

한평생 걸어온 흔적들
헤아릴 수 없는 모래알 같아도
내 걸어온 자취는
그림자조차 남기지 않네.
이제 보니 헛발질 많이도 했구나.

이럴 줄 알았다면
신발 끈 동여매지 않을걸.

허허 참.

제3부

────

중(僧) 머리 시린 날

차 한잔

어느 날,

천들 만산은 가을 옷을 입었고
성급한 초승달도 나왔구나.

홀로 고즈넉이 차향과 마주 앉으니
그 맛이 삼계를 가득 메운다.

달빛은 문살 위에
가야금 현을 두드린 듯하고

찻잔은 점점 가벼워지는데
마시는 놈은 그림자조차 보이지 않더라.

자네, 어디로 가고 있나

인류 역사상 가장 위대한 사건은 무엇일까?

인류 역사상 가장 위대한 사건은?

첫째는 내가 태어난 사건이다.

일체 모든 정보는 내가 이 세상에 태어남으로써 밝혀진 사실이다. 내가 태어나지 않았다면 어머니 아버지도 모르고 옆집 개 이름도 모를 수밖에 없다. 인류의 역사와 우주의 기원도 붓다의 출생도 마찬가지다.

두 번째 큰 사건은?

내가 태어났는데 태어난 적이 없다는 사실을 깨우친 사건이다.

부처님의 팔만사천의 경전과 선지식의 끝없는 보살핌으로 수행해 보니 나뿐만 아니라 일체중생이 단 한 생명도 생겨난 적이 없다. 삼계가 텅텅 비어 있다. 왜냐하면, 그 무엇을 막론하고 일체 모든 존재는 조건이 맞아 서로 의지하여 생겨났기에 생겨나도 생겨난 바가 없기 때문이다. 그래서 연생무생이라고 하는 것이다.

세 번째 큰 사건은?

위의 첫 번째 두 번째 사건을 모르는 일체중생들에게 회향하는 것이다.

부처님처럼 처음도 좋고 중간도 좋고 끝도 좋은 이 시들지 않은 가르침을 일체중생들에게 회향하여 괴로움에서 벗어나게 하는 일이 눈 밝은 수행자가 해야 할 일이기 때문이다.

이것이 우리가 사람의 몸을 받은 가장 큰 이유이고 일 중에 가장 큰 일이라고 나는 생각한다. 우리의 마음은 마치 "그림을 그리는 화가와 같아서 온갖 것을 다 그려 낸다."라는 말도 이 몸이 있었을 때만 가능한 것이다. 우리의 육신이 비록 허깨비같이 무상하지만 이렇게 무한한 것이다.

대자유

나도 없고 너도 없고 세상도 없는데
있다고 착각한 세월 몇광 겁이던가.

시도 때도 없이 칭얼대는 이 육신에
시달려 온 그 세월 또한 몇 겁이던가.

하늘을 둘러보고 땅을 뒤져 봐도
끝내 나는 없고

시방(十方)을 둘러보니
처처(處處)에 나 아님이 없구나.

나 이제 홀로 가니

가는 곳마다 꽃이 피고
닿는 곳마다 향기 나니
머무는 곳마다 내가 주인공이로다.

자네, 어디로 가고 있나

한길 몸속에서 피는 꽃

한길 몸속에
있는 듯 없고 없는 듯 있는
부처님이 상주하고 계시니

한길 몸 밖에서
찾거나 구하려고 애쓰지 마라.

미혹할 땐
꽃이 나와 분리된
한길 몸 밖에서 피는 줄 알았는데

눈을 뜨고 보니
꽃이 나와 분리됨이 없는
한길 몸속에서 피어나더라.

낙엽

떨어질 줄 알면서도
봄부터
그렇게 애를 썼구나.

어차피
두 번 피우지 못할
떨어지는 잎인 것을.

낙엽,
너도 너의 운명을 몰랐더냐.

자네, 어디로 가고 있나

무서운 농담

자아득불래(自我得佛來) 소경제겁수(所經諸劫數)
무량백천만(無量百千萬) 억재아승지(億載阿僧祇)

"내가 부처님을 얻어 옴으로부터
지나는 바의 모든 겁 수는
헤아릴 수 없는 백천만억재 아승지이니라."

(석묘찬 대법사 옮김, 『묘법연화경』 p. 591)

자기가 묶은 것은 자기가 풀어야제
언(어느) 놈이 그 묵은 매듭을 풀어 주겠나.

얽힌 매듭을 풀고 나니
그 매듭은 본래 묶인 적이 없었다.

이 세상에서
가장 큰 농담은
'방편'이라는 말이 아닐까?

자네, 어디로 가고 있나

합천 해인사에

팔만대장경이라는 경판이 증거로 남아 있는데

부처님께서는

"나는 온 바도 없고

간 바도 없고

단 한마디도

설한 바가 없다."라고 말씀하셨으니까.

오빠야 진짜가

꽃은 모를 끼다, 지가 이쁜 줄.

니보고 카는 기다.

자네, 어디로 가고 있나

※ 어떤 보살님이 찾아오셨길래 "사람들은 알지 못합니다. 자기
가 부처인 줄을요. 보살님한테 하는 말입니다."라고 했더니,
그 보살님이 "스님, 진짜입니까?"라고 되물었다. 그 순간을 경
상도 사투리로 표현해 보았다.

내가 나(오취온)를 버릴 때
참 '나'는 드러난다

내가 나(참나)를 만날 수 있는
가장 빠른 길은
내가 나를 버릴 때이다.

때가 되어 밥을 먹고 있지만,
밥 먹는 내 없이 밥을 먹고

볼일 있어
사방팔방 돌아다녀도
늘
이 자리를 벗어나지 못하더라.

하지만, 아직
자유롭지 못하는 것은

본래 없는 나를
오랫동안 움켜쥐고 살아온

그 후유증이

아직 남아 있기 때문이더라.

※ 오온(五蘊)은 색(色)·수(受)·상(想)·행(行)·식(識) 다섯 가
  지를 말한다. 여기에
  - 색: 몸이 '나'라는 생각.
  - 수: 느낌·감정이 '나'라는 생각.
  - 상: 마음이 '나'라는 생각.
  - 행: 의지·의도가 '나'라는 생각.
  - 식: 분별이 '나'라는 생각을 취하여 내 의식 속에 쌓아 놓은
       것을 오취온(五取蘊)이라고 한다. 12 연기 유전문의 10
       번째 유(有)이기도 하다.

이를 버린다는 것은 내가 태어난 이후 첫 기억부터 지금까지
내 의식 속에 저장해 둔 명색(이름과 모양)을 버리는 것을 말
한다. 왜냐하면 본래 내 것이 아니기 때문이다. 이 다섯 가지
를 '나'라고 집착하기 때문에 갈애(渴愛)가 일어나 몸과 마음
이 끝없는 고통을 초래한다.
이 자아(名色)를 버리지 않으면 우리는 평생 자아 놀음에 놀
아나 참다운 삶을 살지 못하고 헛장사만 하고 만다.

본래 그 자리

하늘과 땅은

봄을
맞이함이 없고

가을을
보냄도 없었는데

세월의 수레바퀴는
종적(蹤迹) 없이
흘러가네.

본래 그 자리로
끝없이 끝없이.

무슨 짓 하고 있는가?

　　　　　　　　　　자네, 어디로 가고 있나

나무젓가락

　어느 날 대들보 같은 몸이 나무꾼에게 발각되어 톱에 베이고 도끼에 찍혀 쓰러질 때 지축을 흔들 만큼 소리를 내어도 아무 소용이 없었다. 아름드리나무는 깎이고 다듬어져 좋은 부분은 가구, 장식장, 의자로 만들어져 좋은 향수 듬뿍 발라 임금 대접받으며 귀한 집에 팔려나가는데, 자투리 이 몸은 평생 로션 한 번 제대로 발라 보지 못하고 영세업자 겨우 만나 일회용 나무젓가락 되어 손님 손가락 사이에 멈춰 서 있네.

　때로는 팔팔 끓는 찌개 속에도 들어가고 때로는 가슴이 시원한 냉면 속에도 들어가 맵고 신 온갖 양념 다 묻혀 가며 이빨에 물리고 입술에 빨리다가 쓰레기통으로 던져지는 신세. 성근 이빨 잘못 만나면 그것마저 물어 뜯기어 이쑤시개로 쓰이다가 사정없이 버려졌다. 하지만 너무 무시하지 마라. 작은 바늘이 천을 이어 추위를 막았듯이 자투리 내 신세가 당신의 생명이었다는 사실을. 나도 너의 공덕 잊지 않으리.

일미진중함시방(一微塵中含十方): 하나의 티끌에 온 세상이 담겨 있다

한 잎의 꽃잎 속에 우주의 기운이 스며 있고
솜털 같은 풍경소리에 만물의 소리가 함께하듯
당신의 순수한 모습에 천지의 표정이 담겨 있구나.
마치
자신의 얼굴과 말에 불가사의 겁의 시공간이 담겨 있듯.

자네, 어디로 가고 있나

콩나물시루

콩나물시루에 콩을 넣고 물을 뿌리면 물은 한 방울도 남기지 않고 아래로 다 흘러내린다. 하지만 매일매일 물을 주면 콩은 그 습기 때문에 싹을 틔우고 쑥쑥 자라서 우리의 밥상 위에 맛있는 반찬으로 올라온다.

우리 또한 부처님의 법신사리인 경전을 매일매일 독송하고 고승대덕 스님의 법문을 자주 들으면 처음에는 무슨 말인지 도통 알 수 없지만, 시간이 거듭될수록 우리의 마음속에 자란 반야의 씨앗에 싹을 틔우게 되며 행복한 삶을 보장받는다.

지구에 있는 모든 먼지 티끌의 수와 같은 똘똘한 씨앗에 싹을 틔울지라도 내 마음속에 있는 한 톨의 반야의 씨앗에 싹틔움만 못하다.

"마음이라는 땅에는 모든 씨앗을 머금고 있는데 그 위에 비가 내리면 모두가 싹을 틔운다."

(심지함제종 우택실개맹 心地含諸種 遇澤悉皆萌,『마조어록』)

황금시간

어떤 개그맨이
우리나라 최고 고령자인
어른에게 찾아가 인터뷰를 했다고 한다.

"어르신
이제까지 살아오면서
미운 놈,
보기 싫은 놈,
실컷 때려 주고 싶은 놈도 있었을 텐데 어떻게 참았습니까?"
최고령자는 답했다.
"가만히 놔둬도 다 뒈지데."

자네, 어디로 가고 있나

※ 가을바람에
　떨어지는 낙엽처럼
　내가
　두 손 모으지 않아도 못된 놈 악한 놈
　모두 쭈그러들어 마침내 흩어지니
　황금 같은 시간
　그놈들을 위해 쓰지 말게나.
　피한 방울 묻히지 않고 가장 잔인하게 상대를 죽이는 방법은
　외면 즉, 무관심이라네.

목단

위엄과 품위를 갖춰 피어 있는 꽃
꽃이 화려하여
부귀화(富貴花)라 불렀지.

꿀이 많아 벌들이 몰려드니
꽃 중의 꽃,
유구한 역사를 거쳐 선덕여왕
이름 옆에 모란꽃 피고 또
피어 누대로 살아왔네.

오늘은 뉘 집 마당에서
자태를 뽐내는지
성숙과 풍요가 그림자처럼
당신 뒤에 꽃피우리라.

자네, 어디로 가고 있나

내가 나를 벗다

닿는 곳마다
눈과 귀를 호강시켜도
내가 있으면 괴로움이 쌓이지만,

머무는 곳마다
얼굴을 찡그리게 하여도
내가 없으면 즐거움만 쌓인다네.

내가 나를 벗으니
가는 곳마다
나를 반기지 않는 곳이 없더라.

꽃과 향기가
나를
기쁘게 하는 것이 아니오.

내가

나를 벗을 때

참 기쁨이 하염없이 일어난다네.

부처님 오신 날

꼭두새벽 일어나
예불 법회 때맞추느라
법당과 도량에 장삼자락
휘날렸네.

두 손 모아 간절함으로
등 밝히니
늦은 밤이 내 곁에 온 줄도 몰랐네.

육신은
피곤에 지쳐 힘들다 하나

그 속에
힘든 나도
디딘 발자국도
오간 사람들 스친 적도 없더라.

자네, 어디로 가고 있나

다만,

(있는 듯 없고 없는 듯 있는 듯한)

늘 그 자리에 뚜렷이 밝아

시방 법계를 비추고 있더라.

고귀한 당신께

봉축 발원 올립니다.

이 인연공덕으로

원하는 모든 것이 이루어지고

끝끝내 해탈 성불하소서.

생각과 자각

생각으로 비틀어 짜낸 글이

비록 설탕처럼 달달하고

깨소금처럼 고소해도

그 글로써는 생사를 뛰어넘지 못한다. 왜냐하면 몸과 마음과 의식을 나로 삼는 그 생각은 자기 안에 의식만 쌓이고 커져서 자신을 또 괴롭히기 때문이다.

마치 어릴 때의 시골 학교의 건물이 지금 보면 작게 보이는 이유는 건물이 줄어든 것이 아니라 자기의 의식이 커졌기 때문이다. 명품에 현혹된 사람이 난 전의 물건이 자기 마음에 들지 않는 것 또한 이와 같다. 그래서 설사 팔만대장경을 앞뒤로 다 외운다 하더라도 생사 문제와는 전혀 관계없는 것이다. 하지만,

그 생각이 끊어지고

텅 빈 본래 자각에서

봇물처럼 터져 나온 말은

비록 짜고 매워도

그 향기는 준령(峻嶺)을 넘어 대해(大海)를 건넌다.

자네, 어디로 가고 있나

오죽하면 절 주련으로 입차문래(入此門來) 막존지해(莫存知解), 즉 "이 문에 들어오려면 알음알이를 내지 말라." 라고 했을까? 그뿐만 아니라

부설거사의 사부시에도 "천둥 같은 말 천 편의 글을 짓고 만호루에 올랐더라도 세월 따라 인아상(人我想)만 늘어나나니 생각해 보니 허망하고 뜬구름 같네.

하늘에서 꽃비 내리고 돌들이 고개 끄덕인다 해도 간혜(乾慧)로는 생사를 면하지 못하나니

생각해 보니 허망하고 뜬구름 같네."라고 했다.

수행자가 가장 경계해야 할 말이 생각이고, 생사를 넘나드는 걸림돌 중에 가장 큰 도적 또한 생각이다. 하지만 이 생각이 없으면 우리는 절대 생사를 뛰어넘을 수가 없다. 마치 구름을 통해서 하늘을 알 수 있는 것처럼…. 그래서 번뇌즉보리(煩惱卽菩提)라고 하는 것이다. 그 생각들이 보물이 되려면 볼 수도 없고 모양도 없고 냄새도 없는 그 놈을 반드시 확인해야 한다.

나머지 반년과 남은 인생을 위하여

아랫글을 자주 반복해서 읽으시고 중요한 부분은 사경을 히시거나 직접 참선이나 명상을 해 보시면, 반드시 기적이 일어날 것입니다.

모든 괴로움을 벗어나려면 오취온을 제거하라. 왜냐하면, 소리 소문 없이, 쥐도 새도 모르게, 나를 꽁꽁 묶어 놓고, 내 인생을 파괴시켜서, 물방개처럼 끝없는 생사윤회를 되풀이하게 하는 그 주범은 바로 오취온이기 때문이다.

부처님께서 깨달음을 성취하시고 600리가 넘는 거리를 11일 동안 맨발로 걸어가서 오비구에게 처음 설한 무아 법문은 "나의 제자들이여! 이 육체는 스스로 존재하는 자아가 아니다. 육체는 조건에 의지해서 생성되고 소멸되는 것이므로 늙고 병들 수밖에 없으며 '이렇게 돼라.' 또는 '이렇게 되지 말라.'라고 할 수 없는 것이다. 제자들이여! 오취온 즉 다섯 무더기(색·수·상·행·식)를 자아라고 집착해서는 안 된다. 영원불멸한 자아가 있다고 생각해 왔던 것은 상상의 그림자일 뿐이다. 그것은 착각이며 번갯불이며 꿈이며 마치 한 번도 본 적이 없는 여인에게 반한 바람둥이와 같은 것이다."라고 말씀하셨다.

(이학종 지음, 『붓다 연대기』, 불광출판사, 2021, p. 283~285)

예를 들면, 우리의 몸과 정신을 이루고 있는 다섯 가지를 오온(五蘊) 즉 색(色)·수(受)·상(想)·행(行)·식(識)이라고 한다. 여기에

- 색: 몸이 '나'라는 생각.
- 수: 느낌·감정이 '나'라는 생각.
- 상: 마음이 '나'라는 생각.
- 행: 의지·의도가 '나'라는 생각.
- 식: 분별이 '나'라는 생각을 취하여 내 의식 속에 쌓아 놓은 것을 오취온(五取蘊)이라고 한다. 이 다섯 가지 생각을 나라고 집착하는 것이 모두 고통이다. 12연기 유전문의 10번째 유(有)이기도 하다.

이것 외에 나라고 할 만한 것은 온 세상을 다 뒤져도 없다. 오온이 본래 실체가 없이 공한 것인데 우리는 이 다섯 가지 생각을 나라고 취하고 살아감으로 인해 끝없는 생사윤회를 되풀이한다. 당신이 이 지긋지긋한 생사윤회의 고통에서 벗어나려면, 언제 어디서든 참선이나 명상하는 자

세로 눈을 지그시 감고 명상하라.

그 방법은 내가 태어나서 생각나는 첫 기억(좋은 기억, 나쁜 기억, 좋지도 나쁘지도 않은 기억)부터 지금까지 살아오면서 내 의식 속에 산더미처럼 쌓여 있는 모든 기억을 차례(첫 기억부터~ → 이린이집 → 유치원 → 초중고대 ~ 현재까지)대로 하나하나씩 떠올려 보라. (떠올린 생각은 관세음보살님이 모두 가져가신다고 철석같이 믿고.) 하루에 한두 번씩 매일 반복하면 처음에는 몇 시간씩 걸리던 것(사람에 따라 다를 수 있음)이 나중에는 10분대로 줄어든다. 그 기억들이 소멸되면 신기하게도 삶을 대하는 태도가 확실히 달라진다. 무엇보다도 분별이 없어지고 미움이 사라지고 시비가 본래 없다는 것을 스스로 알 수 있다. 저도 결국 이 방법으로 수행하여 화살보다 더 무서운 시주의 은혜를 갚을 수 있었다. 경을 보거나 법문을 듣기만 하고 수행을 하지 않으면, 생각만 겹겹이 쌓여 더 괴로울 수 있으니 반드시 수행해야 한다.

이 방법은 마치 벌이 꽃술에 들어가서 꽃은 전혀 다치게 하지 않고 꿀만 채취하는 것이라면, 사람의 몸은 털끝만큼도 상하지 않고 우리가 살아오면서 마음속에 취해 놓은 그 생각(알음알이)만 제거하는 것이다. 본래 있었던 것은 절대 없앨 수 없지만, 그 생각은 본래 없었기 때문에 말끔히 제거할 수 있다.

부처님께서는 꼬띠가마의 경에서 "사성제의 거룩한 진리를 모르면 나나 그대들은 오랜 세월 유전하고 윤회한다. 또한 사성제를 모르면 수행자 가운데 수행자, 성직자 가운데 성직자라고 인정하지 않는다. 또한 그들은 현세에서 곧바로 깨달아 싱취할 수 없다."라고 말씀하셨디. 부처 되는 방법 중에 이보다 더 완벽한 길은 이 세상, 저세상, 그 어느 세상에서도 찾을 수 없다. 왜냐하면 부처님께서 깨달으신 진리이고 세계의 본질을 꿰뚫어 알 수 있기 때문이다.

허깨비 기침하듯이, 귀신 멋 부리듯이, 또 반년이 지나간다. 나머지 반년과 남은 인생이 헛되지 않기를 바라며 당신에게 하루빨리 기적이 일어나기를 간절히 바랍니다.

제4부

생겨남으로 소멸되는 존재와 무

청정법신 비로자나불

생겨난 것은 생겨남으로 인해
반드시 소멸되는 순리를 따라야 하듯
애당초 생겨나지 않았다면
끝내 사라지는 괴로움을 겪을 필요가 없다.
마치 땅에 풀이 돋아나지 않았다면
절대 비바람 맞을 일이 없었던 것처럼.
그러니
살아 있다고 좋아하지 마라.
죽는 일이 더 큰 일이다. 하지만 태어나도 태어난 바가 없
다는 이치를 깨달은 자에게는 죽음의 그림자는 없다.
이것이 인간이 살아 있는 동안 육근(안이비설신의)이 파
괴되지 않고 성취할 수 있는 최상의 즐거움이다.
이 고결한 자를 일러 청정법신 비로자나불이라고 한다.
만약 당신이 탐욕과 증오와 미혹을 벗어났다면 당신이 바
로 비로자나불이다.

나무청정법신 비로자나불

나무원만보신 노사나불

나무천백억화신 석가모니불.

김영혜 님의 작
(비로자나불이 되기를 발원하며 그려 줌) 34×50

마주할 때 드러난다

눈을 뜨면 만물도 함께 눈을 뜨고
눈을 감으면 만물도 함께 잠(소멸)을 잔다.

눈을 감았을 때, 나와 이 세상은 우주 어디에도 없다.
눈을 뜰 때, 비로소 보는 나와 보이는 대상이 분리됨 없
이 동시에 드러난다. 즉 보는 나와 보이는 대상은 서로 온
곳이 없이 생겼다가 눈을 감으면 간 곳이 없이 사라진다.

우리는 눈을 뜨나 감으나, 나와 보이는 대상이 항상 거
기 있다고 생각한다. 이것이 착각이고 망상이다.

눈을 감기 전의 나와 이 세상, 눈을 떴을 때 드러나는 나
와 보이는 대상은 전혀 다른 존재이고 전혀 다른 세상이
다. 그 이유는 보일 때 나타나고 들릴 때 듣기 때문이다.
즉 서로 마주할 때만 드러나기 때문이다.

보는 나가 없어도 보이는 대상이 없어도 볼 수 없기 때

문이다. 그런데 우리는 나와 대상을 항상 동일시한다. 눈을 감기 전의 세상과 눈을 떴을 때 세상이 딴 세상이듯 어릴 때의 나와 지금의 나, 그때의 세상과 지금의 세상을 말해 무엇 하랴.

그 이유는 생겨난 것은 항상 같은 형태를 유지하지 못하고 변하기 때문이다. 그래서 연생무생(緣生無生)이라고 한다. 다시 말해서, 인연 화합으로 연기적으로 생겨난 것은 생겨나도 생겨난 적이 없다는 말이다.

나와 대상은 항상 존재하는 것이 아니라 서로 마주할 때만 온 곳이 없이 생겼다가, 마주하지 않으면 간 곳이 없이 사라진다. 연기적으로 화합한 실체 없는 놈이 보고 연기적으로 화합한 실체 없는 대상이 보이는 것이다.

귀와 소리, 코와 냄새, 혀와 맛, 몸과 감촉 사실과 정신도 이와 같다.

어리석은 자는 모르리

삼라만상 두두물물(森羅萬象 頭頭物物)이
촌각(寸刻)을 다퉈 가며
밤잠을 설쳐 가며
오직 나에게
무상(無常)함을 알려 줘도
어리석은 자는 모르리
나와 관계없는 다른 사람의 일이라고.

※ 삼라만상 두두물물은 우주에 있는 온갖 사물과 현상 하나하
 나를 말한다. 즉 나를 비롯한 이름과 모양이 있는 일체 모든
 것은 반드시 성주괴공(成住壞空: 모양을 갖춘 것은 머물다 무
 너져서 공으로 돌아감)을 거친다. 물질은 성주괴공을 생명체
 는 생로병사를 반드시 거치게 된다.
  인간보다 한 단계 위가 천상이지만, 천상에 태어난 자가 가
 장 원하는 곳은 인간으로 다시 태어나는 것이다. 왜냐하면 천
 상은 의식의 세계이므로 육신이 없기 때문이다. 몸이 없으므

로 수행을 할 수 없어 생사윤회의 고통에서 벗어날 수 없기 때문이다. 복을 많이 짓고 좋은 일을 많이 하여 천상에 태어나는 것이 나쁘지는 않지만, 결국 그 복이 다하면 육도(지옥·아귀·축생·아수라·인간·천상) 윤회 중에 한 군데 다시 태어나 끝없는 생사윤회를 되풀이해야 한다. 인간만이 윤회의 고리를 끊을 수 있는 것이다. 그러니 사람으로 태어났을 때 이 시기를 절대 놓쳐서는 안 된다. 괴로움의 종식은 좋은 일과 나쁜 일을 벗어난 자만이 가능하다.

인과는 분명하지만 그 실체는 없다

중국 수당 시대의 두순 선사(557~640)는 화엄종 초조이다. 제2대 조사가 지엄 선사(602~668)이고 지엄 선사의 제자가 당나라 유학길에 올랐던 의상 스님이다. 의상 스님이 지엄 선사로부터 화엄을 배우고 그 유명한 법성게를 짓는다.

한번은 두순 선사가 저자거리 입구에 신발 한 켤레를 걸어 두었는데 사흘 동안 아무도 그것을 훔쳐 가지 않았다고 한다. 사람들이 "어떻게 그런 일이 있을 수 있느냐?" 하고 물으니 두순 선사가 답하기를 "나는 한량없는 과거로부터 지금까지 남의 물건이라면 엽전 한 닢 훔친 일이 없는데 어떻게 나의 물건을 훔쳐갈 수 있겠소."라고 말씀하셨다고 한다.

(『선시』, 만목청산, 2014, p.177)

살다 보면 지갑 한두 번, 물건 한두 개 잃어버리지 않고 어찌 인생을 살 수 있겠는가? 두순 선사의 말대로라면 내가 잃어버리고 도둑맞는 것은 내가 과거 생에 저질러 놓았기 때문에 반드시 피해를 입는다는 말이다.

자네, 어디로 가고 있나

이 세상에 원인 없이 일어나는 일은 절대 없다. 내가 저질러 놓지 않았는데 피해를 입는 일도 있을 수 없고, 일어나지 말아야 할 일이 일어나는 법 또한 없다. 그것이 좋은 일이든 나쁜 일이든.

빈손 왕래

홍콩이 낳은 세계적인 스타 주윤발은 학생들 강연장에서 그의 재산의 약 90%에 달하는 8100억 원을 사회에 기부하겠다고 선언했습니다.

그는 "지금 내가 번 돈은 내 것이 아니며 내게 있어 돈은 행복의 원천이 아니다. 내가 가진 돈은 잠시 보관하고 있을 뿐이다. 내 꿈은 평범한 사람이 되는 것이다."라는 말에 이어 "인생에서 가장 중요한 건 돈을 얼마나 버느냐가 아니라, 내면의 평화를 얻어 근심 걱정 없는 삶을 사는 것이 더 가치 있는 삶이다."라는 유명한 말을 남겨 귀감이 되었다.

한편, 출가한 행자들이 가장 처음에 접하는『초발심자경문(初發心自警文)』에도 "삼일수심 천재보. 백년탐물 일조진(三日修心 千載寶. 百年貪物 一朝塵)."이라는 말씀이 있다. 이는 "삼 일 닦은 마음은 천년의 보배가 되고, 백 년 동안 탐한 재물은 하루아침에 티끌이 된다."라는 뜻이다.

내 것이라고 할 만한 것은 이 세상 어디에도 찾을 수 없음이 본질인데, 내 것이라고 움켜쥐고 있으니 근심 걱정이

자네, 어디로 가고 있나

내 몸과 마음을 휘감아 떠날 줄 모르는 것이다. 그 생각의 노예가 되어 버린 삶이 중생이니, 이것이 곧 어리석음 아니겠는가?

하늘을 둘러보고 땅을 뒤져 봐도 끝내 나는 없고, 내가 없으니 발길 닿는 곳마다 나를 반기지 않는 것이 없더라.

가장 아름다운 소통은 칭찬이다

지혜로운 사람은 남을 미워하지 않는다. 상대를 미워하고 시기 질투하는 것은 마음이 오염되어 있다는 증거다.

남을 미워하면 담배 연기처럼 그 연기가 남의 코에 닿기 전에 내 건강부터 해친다. 남을 칭찬하면 차향같이 그 향이 남의 코에 닿기 전에 내 마음을 맑게 한다. 관심받은 꽃은 향기가 짙고 사랑받은 사람은 얼굴이 밝다. 이와 같은 이유로 남의 단점을 들추어 미움을 갖기보다는 남의 장점을 칭찬하여 서로서로 힘과 용기를 주는 것이 더 지혜로운 사람이다. 어리석음은 만고의 병이다.

오늘도,

내일도,

인생의 주인공은 바로 이 세상에 하나밖에 없는 고귀한 당신입니다. 마음껏 누리시고 최고의 날 되옵소서. 우주 법계 삼라만상이 당신의 반려자가 되어 손발이 굳어 갈 때까지 주야청청 도와줄 것입니다.

자네, 어디로 가고 있나

희망

우리는 수억 겁의 세월 동안 뼈도 근육도 없는 것이 마치 뼈와 근육이 있는 것처럼 스스로 눈과 귀에 현혹되어 살아왔다. 하지만 싯다르타 태자가 출가하여 신리의 전륜성왕이 됨으로써 인간의 생로병사와 모든 만물의 실체가 드러났다. 석가모니 부처님 때문에 우리는 비로소 생사윤회의 종지부를 찍고 본래 자리로 돌아갈 수 있는 희망이 생겼다. 하지만 그 고통과 행복은 본래부터 있었던 것이 아니다.

지금 와서 생각해 보니 불법과 인연이 안 되었으면 무엇을 하고 있을까? 정말 끔찍하다. 부처님께서는 "우리가 가축으로 태어나 죽을 때 흘린 피가 사해 바다보다 적지 않다."라고 말씀하셨다.

소나무가 좋다

비가 오면 비를 맞고 바람이 불면 춤을 추고 눈이 오면 눈을 감싸 준다. 온갖 더러운 것이 날아와 솔잎 위에 쌓여도 좋다 싫다 분별없이 고고한 자태를 뽐낸다. 삼복더위에도 옷을 벗지 않고 엄동설한에도 옷을 덧입지 않고 늘 한결같이 푸르름을 잃지 않는다. 다른 나무들은 철마다 새순 돋아 꽃피워 낙엽 떨구어 옷 벗어 던지지만, 소나무는 늘 변함없는 마음과 평생 같은 옷만 입어도 항상 새록새록하다.

늘 푸른 소나무.

청설모, 다람쥐가 오르락내리락 간지럼을 태워도 웃지 않고, 온갖 새들이 날아와 집을 짓고 쉬었다 훌쩍 떠나가도 자릿세도 받지 않는다. 그러면서도 우리에게 최고의 솔 향을 아낌없이 뿜어 준다. 봄에는 솔잎을 가을에는 송이를 죽어서는 봉양과 같은 좋은 약제를 남기어 우리를 기쁘게 한다. 그뿐인가 우리가 슬픔 때나 기쁠 때 찾아가도 한결같은 마음으로 두 팔 벌려 반겨 주고, 숨 가쁘게 사는 우리의 마음을 치유해 주기도 한다. 비바람과 폭설 한파를 피하는 대들보가 되어 주기도 하고, 추운 겨울, 몸 녹이는 땔감으로 우리의 마음을 훈훈하게 하는 늘 푸른 소나무. 나 같은 촌놈한테 발각되면 소나무 심(관솔)에 생명을 불어넣어 관솔 탑으로 다시 우뚝 솟아나기도 한다.

그래서 나는 소나무가 좋다.

당신이 바로 소나무 같은 사람이다.

관솔탑

산길 걷다가
발끝에 걷어차인 관솔 하나

아부지 눈에 띄었다면
소죽 솥의 불살개로 타 죽었을 낀데

어설픈 촌놈 눈에 띄어
잘리고 깎이고 다듬어져

한 층 한 층 오를 때마다
나의 소원 벌써 하늘에 닿았네.

두 손 모아 돋아난 관솔탑
세상을 품은 채 우뚝 솟아났네.

내 손끝에서 너 생겨났고
너로 인해 가득해지는 방편들.

자네, 어디로 가고 있나

4층 탑의 원리

4층 관솔탑은 1층 원형, 2층 사각, 3층 팔각, 4층 원형으로 구성한다. 층마다 부처님의 깨달음의 지혜가 담겨 있다.

1층: 시각(始覺)이 본각(本覺)이다. 우리는 본래 부처였다. 그래서 깨달음의 상징인 일원상(원형)이다.

2층: 본래 부처인 우리가 삼독(탐진치)에 눈이 어두워 날카로운 중생으로 변했다.

3층: 네모난 중생이 정진을 함으로써 팔각으로 변해 가는 모습이다.

4층: 본래 자리. 즉 시각이 본각인 자리로 다시 돌아온다는 원리이다.

부처님께서 특별히 저에게 당부하시기를, "집 나온 중생은 삼독을 버리고 하루빨리 본래의 자리로 귀가하라. 복귀

자네, 어디로 가고 있나

할 시간은 그리 많지 않다."라고 말씀하셨다.

놓아라 놓아

사랑에 엮인 자여,
꿈결 같은 사랑에 연연해 마라.
불꽃같은 사랑
놓아라 놓아.

돈에 낚인 자여,
황금을 꿈꾸지 말라.
돈을 움켜쥔 탐욕스런 주먹
놓아라 놓아.

권력에 뒤엉킨 자여,
꿈속 권력이 어찌 권력이겠는가?
담쟁이 넝쿨처럼 뻗치는 욕망을
놓아라 놓아.

인생은 한바탕 꿈이라오.
디딘 발자국이 헛걸음인 줄 알았더라면

자네, 어디로 가고 있나

씁쓸한 헛장사는 하지 않았을 것을.

그대, 놓아라 놓아.

방편이 곧 진실이다

지천에 널린 꽃은 불(佛)꽃을 드러내기 위한
방편으로 피어난 꽃입니다.

모든 것이 방편이란 걸
그래서 방편이 곧 진실이란 걸
공부하지 않고 어찌 알겠는가?

우주법계 삼라만상 두두물물이
오직 나 한 사람 제도하려고
광겁의 세월을 돌고 돌아
인간 몸 받을 때까지 기다렸으니
어찌 감탄하지 않겠는가?

『금강경』에서 말하기를,
"일체 모든 중생(구류 중생)을
내가 모두 완전한 열반에 들도록 제도하겠다."라고 했는데

자네, 어디로 가고 있나

수행해 보니
석가가 본래 온 적이 없고
내가 본래 태어난 바가 없는데
어찌 제도할 중생이 있겠는가?

이 몸도 방편이고
불교도, 부처도, 마음도, 저 언덕도
일체 모든 것이
방편 아닌 것이 없다는 것을 훤히 알겠더라.

언뜻 보면 나와 세상이 분리된 듯 보이나
나와 세상은 한 번도 분리된 적이 없고
봄 여름 가을 겨울이 생성과 소멸을 끝없이 반복하지만
본래 그 자리는
피고 지는 계절 없이
늘 한결같더라.

이 세상에서 가장 어려운 일은
자기 자신을 정복하는 자라고 했는데
이 숙제를 마쳤으니
더 이상 무슨 할 일이 남아 있겠는가?

닿는 곳마다 모양 모양이 나를 맞이하고
귀길 열리는 곳마다 소리 소리가 나를 대변하니
참으로 희유하고 불가사의한 일이로다.

삶을 방편으로
본래 삶과 죽음이 둘이 아니고
그것이 본래 무생(無生)이라는 걸 깨닫는 것보다
더 큰 기쁨이 어디에 있겠는가?

방편을 통해 진실을 알게 된다면
그 방편은 더 이상 방편이 아니듯이
괴로움을 통해 즐거움을 깨닫게 된다면
그 괴로움 또한 더 이상 괴로움이 아니다.

그러니
괴롭다고
부족하다고
불편하다고 초조해하지 마라.

시도 때도 없이 분출되는
그 괴로움만이

자네, 어디로 가고 있나

나를 안전한 피난처로 이끌어 줄 수 있다는 사실을.

망상(妄想)

저 들판에 피어 있는 꽃을 보라.
산속에 말없이 서 있는 나무들을 보라.

인연을 잘 따르고 있지 않으냐?

그런데 우리는
내 허망한 생각이
하루에도 수천 번씩 변덕을 부리니

그 모두가
내가 이 세상에 '태어났다'라는
그 생각이 내가 되어
나를 묶어 놓았기 때문이다.

그 한 생각 내려놓고 버리면 될 것을
스스로 가두어 힘들어할까?

자네, 어디로 가고 있나

꽃은 또 피고

저 나무들은 말없이 서 있는데….

나의 연못에 핀 연꽃은 내 것이다

한때 부처님께서 라자가하시의 벨루바나숲에 있는 깔란 다까니바빠 공원에 계실 때였다. 악꼬싸까 바라드와자 가문의 한 바라문인 악꼬싸까는 부처님께 출가했다는 소식을 듣고 화가 나서 부처님 계신 곳으로 찾아와 차마 입에 담지 못할 온갖 욕설로 부처님을 비난하고 모욕했다. 그 욕설을 다 듣고 있던 부처님께서는 악꼬싸까에게 이와 같이 말씀하셨다.

"악꼬싸까여! 자네의 집에도 가끔 동료나 친족 또는 손님들이 찾아옵니까?"
"물론이죠."
"그럼 그들에게 마실 것이나 음식을 대접합니까?"
"물론 그렇소."
"그런데 만약 그들에게 온갖 음식을 대접했는데도 그들이 그 음식을 먹지 않으면 그것은 누구에게 돌아옵니까?"
"그거야 나에게 돌아오지요."
"이와 마찬가지로 당신이 방금 나에게 차린 진수성찬(욕

자네, 어디로 가고 있나

설)을 나는 받지 않겠으니 당신이 다 가져가세요."

이 말을 들은 악꼬싸까는 부처님께 앞에 무릎을 꿇었다. 이윽고 악꼬싸까는 부처님께 출가하여 구족계를 받고 방일하지 않고 열심히 정진하여 거룩한 님 가운데 한 분이 되셨다고 한다.

(전재성 역주, 『쌍윳따니까야』,

한국빠알리성전협회, 2014, p. 188~189)

우리 속담에 "낮말은 새가 듣고 밤말은 쥐가 듣는다."라는 말이 있다. 주위에 보면 남을 흉보는 사람은 습관처럼 험담을 한다. 결국 그 말은 그 사람 귀에 들어가 서로 관계가 거칠어진다. 아무리 고기 씹는 맛보다 남 씹는 맛이 뛰어나다고 하지만, 한두 번도 아니고 하루 이틀도 아니고 일이 년도 아니고, 평생, 신기루 같은 허깨비를 붙들고 그렇게 꼭꼭 씹어 돌릴 수가 있단 말인가?

나의 연못에 핀 연꽃이 내 것이듯, 내 마음에 나타난 상대는 바로 나의 또 다른 모습이다. 그것은 나의 존재를 확인시켜 주는 물속에 비친 달과 같은 존재들이다. 마치 거울에 비친 모습과도 같다. 그래서 이 우주에는 나 하나(각자 마음)밖에 없다고 하는 것이다. 그러므로 남을 흉보는 것은 남을 흉보는 것이 아니라. 바로 나 자신에게 화살을 겨누는 것과 같다. 부처님께서는 그것을 아시기에 상대가 무작정 온갖 욕을 퍼부어도 용수철처럼 맞대응하지 않고 지혜의 칼로 상대를 절복(折伏)시켜 스스로 무릎을 꿇게 만들어 버린다. 이것이 우리가 배우고 익혀 실천해야 할 늙지 않고 시들지 않은 부처님의 거룩한 가르침이다. 다툼과 싸움은 결국 둘 다 수준이 같다는 증거이다. 부처님께서 절대 남 흉보는 일이 없듯 지혜로운 사람도 마찬가지다. 어리석음이 치성할수록 남 흉을 많이 본다. 그것은 곧 내가 무식하고 수행이 되지 않았다는 것을 만천하에 공개하는 것과 같다. 이런 사람에게는 가까이하지 않는 것이 상책이다. 왜냐하면 내가 없을 때 나를 도마 위에 올려놓고 칼질을 할 수 있기 때문이다.

생선을 싼 종이는 비린내가 나고 향을 싼 종이는 향내가 나듯, 당신의 몸에서 비린내가 풍기지 않으려면, 지금 당장 지혜로운 도반을 찾아 길을 떠나십시오. 부처님께서 "도반이 도의 전부다."라고 말씀하셨으니까요.

자네, 어디로 가고 있나

제5부

—

편지글과 카톡(문자)으로 보낸 긴 글

아래 첫 번째 『금강경』과 인연 되는 고귀한 당신께 편지글은 저의 첫 편지글입니다. 모든 글은 이 글에서부터 시작되었습니다. 아울러 『금강경』과 인연 되는 고귀한 당신께"라는 제목의 글을 씀에 여러 경전과 인터넷을 비롯한 많은 자료를 참고하였음을 밝혀 둡니다.

『금강경』과 인연 되는 고귀한 당신께

인생은 초로(草露)와 같다고 합니다. 밤중에 맺었던 이
슬이 해가 뜨면 금방 없어지는 것과 같이 짧은 것이 인생이
라고 흔히들 이야기하지요. 인생이 길어야 백 년 남짓인데
우리는 항상 건강하게 유지되고, 나에게는 불행이 닥치지
않을 거라고 믿고 있으니 얼마나 큰 착각에 빠져 사는지 모
릅니다. 우리는 생전에 한 행위에 따라서 육도윤회(六道輪
廻)의 수많은 생을 되풀이하다가 천재일우(千載一遇)의 기
회로 수행정진하기 좋은 인간의 몸을 받아 이번 생에 온 것
뿐입니다. 그런데 어리석은 우리는 소중한 시간에 재물을
모으고 명예를 높이는 데에만 정신을 쏟고 맙니다. 부처님
께서는 "지금 이 순간이 머리에 불붙은 것 같이 급하다."라
고 하셨는데, 우리는 별로 심각하게 생각하지 않는 것 같습
니다. 결국, 탐진치(貪嗔癡)에 빠져 부처 되는 것은 멀어지
고 다람쥐 쳇바퀴 돌듯 윤회를 반복하고 있는 것이지요.

부처님께서는 "수많은 생명 가운데 사람으로 태어나서
불법 만나기란 참으로 어렵다."라고 하시면서, "바다 밑에

사는 눈먼 거북이가 백 년마다 한 번씩 물 위로 올라오는데, 마침 바다 위에 떠다니는 구멍 뚫린 나무를 만나서 의지할 수 있게 되는 확률과 같다."(맹구우목: 盲龜遇木)라고 말씀하셨고, 겨자씨를 비유로 들면서는 "하늘에서 바늘을 떨어뜨려 땅에 있는 겨자씨에 바늘이 꽂힐 확률만큼이나 어렵다."(섬개투침: 纖芥投針)라고 말씀하셨습니다. 또한 "대지의 흙이 사람으로 못 태어날 확률이라면 손톱 위의 흙이 사람으로 태어날 확률이다."(조갑상토: 爪甲上土)라고 비유를 들어 말씀하셨습니다. 이처럼 어렵게 사람의 생명을 받아 불법을 만났습니다.

많은 사람이 법당에 꽃 공양을 올립니다. 하지만 그 예쁘고 아름답던 꽃들이 열흘도 안 되어서 시들어 버립니다. 우리는 그것을 보고 무상함을 느껴야 합니다. 『삼국유사』에서 조신 대사의 아내 김 씨는 "젊은 얼굴, 예쁜 웃음은 풀잎의 이슬과 같고, 굳게 맹세한 마음도 바람에 날리는 버들가지 같다."라고 했습니다. 『금강경』 사구게(四句偈 제5분)에서 "무릇 훌륭하고 뛰어난 모습이란 그 모두가 허망한 것일 뿐이다."라고 했고, 제32분에는 "조건에 의지하여 생겨난 일체 모든 것(有爲法)은 꿈·허깨비·물거품·그림자와 같고 또한 이슬·번개와 같다."라고 했습니다. 모두가 다 무상하지요. 가만히 밖을 한번 보세요. 여름철 산과

들에 핀 수많은 꽃이며 무성하던 푸른 초목도 가을이 되니 형형색색 변하고 떨어져서 흔적도 없이 사라지고 있지 않습니까? 자연은 잠시도 쉬지 않고 모든 것이 덧없음을 일깨워 주고 있는데 탐진치로 가득 찬 우리는 어리석어서 눈치채지 못합니다. 장미꽃도 시들면 보기 흉하듯이 세상사 다 무상하고 허망합니다. 사람의 몸도 이와 같으니 인간 몸 받아 불법 만났을 때 열심히 공부해야만, 먼 훗날 죽음에 이르렀을 때 후회하지 않습니다. 『금강경』을 한두 번 독송해서 그 심오한 뜻을 다 이해할 수는 없겠지만, 낙숫물이 바위를 뚫듯이 열심히 반복하여 독송한다면 반드시 좋은 날이 올 것이란 걸 확신합니다. 행하여, 마음속에 반짝이는 불성을 갈고닦아 금강석같이 빛나는 고귀한 인격을 성취하고, 무량한 공덕을 지어 우리의 장래를 더 밝고 행복하게 만들어 가야 합니다. 부처님께서는 "돌을 갈아서 금강석으로 만드는 것이 아니라. 먼지와 때가 두텁게 쌓여 돌처럼 보이는 금강석을 두고, 그것은 돌이 아니라 바로 금강석이다."라는 가르침을 주시기 위해 이 땅에 오셨음을 아셔야 합니다. 내가 본래 다이아몬드입니다.

우주에서 가장 맑고 밝은 부처님께서 설하신 『금강경』을 독송한다면, 나도 끝끝내 부처가 된다는 것은 기정사실입니다. 긍정적으로 변화하는 나를 지켜보는 것보다 더한 즐

자네, 어디로 가고 있나

거움은 없을 것입니다. 지금 당장 실천합시다. 지금이 가장 빠르고 적절한 때입니다.

　아무쪼록 이『금강경』을 수지·독송하는 인연 공덕으로 무시 겁 이래로 지어 온 무명 업장이 소멸하고 불보살님의 가피로 맑아지고 밝아져서 끝끝내 부처 되시길 간절히 발원합니다. 고귀한 당신께 진리의 말씀인『금강경』을 선물하게 되어 참 기쁩니다.

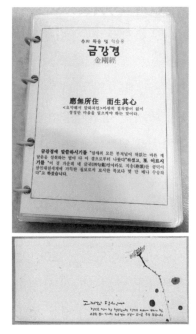

제가 직접 기획, 편집, 코팅해서 출판사에 가져간 샘플
『금강경』(上)과 편지글을 넣어 준 봉투(下)

부처의 종자

『화엄경』에 보면 "심여공화사 능화제세간 오온실종생 무법이불조(心如工畵師 能畵諸世間 五蘊實從生 無法而不造: 마음은 그림을 그리는 화가와 같아서 능히 세상사를 다 그려내고, 오온은 모두 마음으로부터 나온 것이어서 그 무엇도 만들어 내지 않은 것이 없다)."라는 구절이 있다. 내가 좋아하는 게송 중 하나이고 우리의 마음을 잘 표현한 문구라고 생각한다.

우리의 마음에는 십계(지옥, 아귀, 축생, 아수라, 인간, 천상, 성문, 연각, 보살, 부처)의 마음이 있다. 마음은 하나인데 어떤 환경에 처해 있느냐에 따라 누구를 만나느냐에 따라 십계의 마음이 수시로 바뀌어 펼쳐진다. 그런데 이것은 생각이다. 생각은 망상이다. 엄마 아버지가 토닥토닥하는 장면이나 부부간에 타투는 모습을 보면 스스로 알 수 있다. 그토록 사랑하는 사이도 한번 토라지면 차라리 남보다 못한 것이 부부이다. 법 없이도 살 그 착한 사람이 순간적으로 욱하는 그 성질을 못 참아 평생 지울 수 없는 끔찍한 일을 저지르는 것도 자기의 마음속에 그 십계의 마음이 포함되어 있기 때문이다. 이 모두가 내가 존재한다고 하는 착각에서 비롯된 생각이다.

우리가 공부하고 수행하는 이유는 부처님처럼 신구의 (몸과 입과 생각) 삼업이 한결같아 본래의 마음(자비, 사랑)을 드러내어 살아가기 위해서다. 이 자비와 사랑의 마음이 바로 우리의 본래 마음이다. 전혀 때 묻지 않은 순수한 마음, 수행자가 그토록 찾아 헤매는 그 마음, 모양도 색깔도 냄새도 없지만, 이 우주를 품고도 남을 그 마음이다. 마음이 능히 세상을 다 그려 낼 수 있는 이유는 그 마음이 텅 비었기 때문에 가능하다.

오온(색수상행식)은 촉에서 발생한다. 눈이 색을 만나면 분별의식인 안식이 생긴다. 이 삼사화합이 촉이다. 이때 수상사(수: 느낌. 상: 생각. 사: 의지, 의도)가 발생한다. 이것이 오온의 발생이다. 나와 이 세계는 모두 조건에 의지하여 생겨난 실체가 없는 환이다. 우리는 이 환을 붙들고 마치 진짜인 줄 착각하고 산다. 우리가 꿈을 꾸면 그 꿈속에는 우리가 상상할 수 없는 세계가 다 펼쳐진다. 이 마음이 의식의 장난이다. 그런데 우리는 이 꿈을 실체시한다. 이 현실도 꿈인데 꿈속의 꿈을 또 실체시하니 그 얼마나 어리석은 생각인가? 생각이 만들어낸 것은 그 어떤 것이라도 마치 물거품과 같이 허망한 것이다. 꿈속의 보물이 어찌 보물이겠는가?

우리가 깨달음을 이루려면 반드시 팔해탈을 거쳐야 하는데 마지막 단계인 무색계 사선정인 비상비비상처정에 이르면 이 에고(자아)는 "있는 것도 아니고 없는 것도 아닌 그 상."에 이 에고가 의지하여 머문다. 화두를 타파하든 조사선을 깨닫든 그 어떤 수행을 하든 반드시 생각이 끊어져야 하는데, 이 생각이 작동하는 한 깨달음은 없다. 무색계 사선정을 지나 팔해탈에 이르면 그 의식이 의지할 곳이 없어진다. 이때 본래 참 나가 드러난다. 이때의 앎은 자기도 자기를 모르는 앎이다. 이때 비로소 본래 내가 없다는 체험을 한다. 이 세상에 이것밖에 없다는 것을 훤히 꿰뚫어 안다. 그때 부처님께서 왜 '무아'라고 말할 수밖에 없었는가를 알 수 있다.

제자 범지가 부처님께 여쭙기를 "생각이 먼저입니까?" "지혜가 먼저입니까?" "아니면 생각과 지혜가 동시입니까?"라고 하자 부처님께서는 "생각이 먼저다."라고 말씀하셨다. 이 생각이 비록 망상이지만 이 망상이 없으면 실상을 찾을 길이 없다. 그래서 죽 끓듯 끓는 번뇌가 곧 부처의 종자이다.

자네, 어디로 가고 있나

여름은 어디로 갔는가

가을의 문턱에 들어선 지금,
여름의 흔적은 어디에 있는가?
몸에 있는가?
방에 있는가?
땅에 있는가?
하늘에 있는가?

이 세상 그 어디에서도 여름의 흔적을 찾을 수 없다. 마치 나의 몸속에 어릴 때의 흔적이 없는 것과 같다. 우리가 이제껏 아등바등 살아왔던 찬란한 과거도 마찬가지다. 1초 전의 과거 또한 이 세상 어디에도 존재하지 않는다. 그런데 우리는 있다고 착각한다. 내가 태어나서 첫 기억을 하면서부터 시간의 기원이 작동되어 그 시간이 과거가 된 것이다. 과거는 나의 기억 속에만 존재한다. 아기가 태어나서 첫 기억 전(2~5살)까지는 과거, 현재, 미래도 없고 시공간도 없다. 날카롭고 무딘 것, 차고 뜨거운 것, 맵고 짠 것도 모르고, 자기를 낳은 엄마도 모른다. 왜냐하면 아이의 머릿속에 저장된 기억이 없기 때문이다.

지금 나의 기억 속에 죽 끓듯 일어났다 사라졌다를 반복하는 그 생각은 망상이다. 우리는 그 생각을 나로 착각하고 살아간다. 즉 생각이 내가 된 것이다.

『반야심경』의 오온(색수상행식), 즉 몸이 나라는 생각, 느낌이 나라는 생각, 마음이 나라는 생각, 의지, 의도가 나라는 생각, 분별이 나라는 생각이 내가 되어 버린 것이다. 예를 들어 어떤 모임에서 내가 의견을 하나 내었는데 상대가 내 의견에 '그것도 의견이라고 냈어?'라고 나의 의견을 무시하면, 나는 갑자기 기분이 나빠져 내 의견에 반박한 사람에게 분노한다. 생각이 곧 내가 되어 버렸기 때문이다. 한편, 남편이 내가 입은 옷을 보고 옷이 날개라고 하더니 '당신 오늘 정말 예쁘다. 천상의 여인 같아.'라고 하면 입이 귀에 걸린다. 이때는 옷을 입은 몸이 내가 되어 버렸기 때문이다.

부처님께서는 그 다섯 가지 오온을, "물질[색(色)]은 포말과 같고, 느낌[수(受)]은 물거품과 같다. 생각[상(想)]은 아지랑이와 같고, 의지[행(行)]는 파초와 같고, 분별[식(識)]은 환술과 같다고 태양의 후예가 가르치셨다."라고 말씀하신 것이다.

우리가 이 생각들을 움켜쥐고 있는 한 괴로움은 벗어날

수 없다. 소가 말뚝에 묶이듯이 개가 목줄에 매이듯이 우리는 오취온(오온이 나라는 생각)에 낚인 삶을 사는 것이다. 이로 인해 끝없는 고통을 받는다. 그 생각을 버리고 비우는 것이 바로 수행이고 괴로움에서 벗어나는 길이다. 우리의 첫 기억부터 지금까지 쌓아 놓은 기억을 모두 비우면 스스로 자각이 드러나기 때문이다. 마치 구름이 걷히면 청명한 하늘을 볼 수 있는 것과 같다. 이때 비로소 완전한 본성을 만날 수 있다. 우리의 육신이 비록 허깨비 같은 허망한 몸이지만 이 육신이 없으면 절대 본성을 확인할 수 없다. 그래서 부처님께서는 "머리에 불붙은 것같이 급하다."라고 말씀하셨다.

몸이 있을 때 본성과의 만남은 내가 나를 만나는 일이고, 내가 나를 벗어나는 일이고, 내가 나를 정복하는 가장 거룩한 일이다. 이 일이 인연 중에 가장 큰 인연인 일대사 인연이다. 이 세상에 이것보다 더 지중한 인연은 없다. 이 인연은 부모, 부부, 자식, 형제보다도 더 중요한 인연이다. 이 인연에서 모든 인연이 펼쳐지기 때문이다. 늘 함께 있으면서도 가장 만나기 어려운 것이 본성이다. 무량겁의 세월을 돌고 돌아 겨우 만났지만 스스로도 스스로를 모르는 앎이다. 이 인연이 참으로 불가사의한 인연이다.

자네, 어디로 가고 있나

수어불이(水魚不二)

　동해 바닷속에 고등어 여러 마리가 군락을 이루며 살고
있었다. 그중에 한 마리가 문득 물이 어디 있는지 궁금해
서 찾아보기로 했다. 그의 이름은 고두리였다. 그는 틈만
나면 동해 근처에 물을 찾으러 다녔다. 고두리가 아무리
찾아도 그의 눈에는 모래, 미역, 산호초, 전복, 문어, 상어,
돌고래, 급할 때 숨을 수 있는 해초와 크고 작은 암초들만
보일 뿐 물은 보이지 않았다. 그는 오직 물을 찾는 데만 온
정성을 쏟을 뿐 다른 고등어와 같이 사랑을 하거나 함께
여행을 떠나는 데는 관심이 없었다. 그러던 어느 날 고두
리는 동해에서는 물을 찾을 수 없다는 결론을 내렸다. 더
넓은 곳에 가면 반드시 물을 찾을 수 있다는 희망을 안고
동해를 떠났다. 수개월에 걸친 고행 끝에 마침내 태평양에
도착했다. 그런데 동해에 없는 다양한 물고기들만 있을 뿐
물은 보이지 않았다. 그 후 남극해, 북극해, 인도양을 거쳐
마지막 대서양까지 가 보았지만, 결코 물은 찾을 수 없었
다. 고두리는 3년 동안의 물 찾기를 포기하고 다시 고향인
동해로 돌아올 수밖에 없었다. 고향으로 돌아오면서 지난

날을 되돌아보니, 가끔 나를 잡아먹으려는 큰 고기들 때문에 해초와 암초 틈에 숨어 살기도 했고, 도망가다가 물 위로 솟구쳐 큰 위기를 모면한 적도 있었다. 지나간 시간을 회상하니 아찔했다. 이제는 만신창이가 되어 태평양과 오키나와를 거쳐 독도 인근에서 허기진 배를 채울 겸 쉴 곳을 찾던 중이었다. 그때 꿈틀거리는 먹이를 덥석 물었는데 낚시꾼이 던진 밑밥이었다. 몸부림을 치면 칠수록 고통은 더 심하고 피가 흘렀다. 불길한 예감이 들었다. 하지만 고분고분 끌려갈 수만 없었다. 낚시꾼이 뜰채로 막 뜨려고 할 때, 나는 있는 힘을 다해 마지막 몸부림을 쳤다. 아가미가 찢어지면서 낚싯바늘이 빠졌다. 다시 바닷속으로 들어가는 순간이었다. 어! 내가 본래 물속에 있었구나! 이제야 사실을 깨달았다. 뛸 듯이 기뻤다.

지금 생각하면, 처음 동해에서 물을 찾겠다고 결심한 마음, 오대양을 거쳐 다시 고향으로 돌아가는 노정. 몸 군데군데 상처가 나고 입이 찢어지는 고통이 있었지만, 의문이 풀리면서 육신의 고통도 마음의 고통도 모두 사라졌다. 평소 나의 눈에 보인 미역, 산호초, 전복, 문어, 상어, 돌고래 등과 급할 때 숨을 수 있는 해초와 크고 작은 암초를 볼 수 있었던 것은 그 바탕에 물이 있었기 때문에 가능했다는 사실을 깨달았다. 바탕인 물은 보지 않고 눈에 비친 형상과 색깔에 현혹되어 살았다니, 불교의 깨우침도 이와 같다. 물고기가 물을 벗어난 적 없듯이 우리는 한순간도 마음을 벗어난 적이 없다. 마치 법당에 향을 피우면 우리는 향냄새만 맡는다. 하지만 그 바탕에는 허공이 있다. 향과 냄새는 시간이 지나면 서서히 없어지지만, 바탕인 허공은 항상 존재하는 것과 같다.

아름다운 문자(文字)

2012년 8월 현재 스마트폰 가입자 3000만 시대라고 한다. 우리나라 인구 10명 중 6명은 스마트폰을 소유하고 있는 셈이다. 여러 가지 많은 기능과 장·단점이 있겠지만, 요즘은 옛날과 달리 편지를 거의 쓰지 않는 것 같다. 대신 문자나 전화로 많은 소통을 한다. 성공한 사람들은 부모나 친구 그리고 주위의 분들이 건네준 말 한마디 때문에 용기를 얻어 인생이 달라지기도 하고 거친 말 한마디 때문에 평생 지울 수 없는 큰 상처를 받아 고귀한 인생을 망치는 일을 통신매체를 통해서 가끔 보게 된다.

우리 속담에 "무심코 던진 돌에 연못의 개구리는 생사를 가른다."라는 말이 있듯이 말 한마디의 중요성은 아무리 강조해도 지나치지 않을 것이다. 상대방에게 보내는 긍정적인 에너지가 좋은 결과를 가져오듯이, 평소 도반이나 이웃 그리고 일체중생이 마음의 평안을 얻어 행복하기를 바라는 마음으로 문자나 말로 소통한다면, 받는 사람은 환희심과 기쁨을 감추지 못할 것이다. (내가 보낸 문자를 보고 비구니 스님이 홀연히 깨친 사연을 하나 소개하고자 한다.)

지난 여름방학 때 부산에 본부를 두고 있는 어느 선원에서 약 40일 동안 별채에 거주하면서 선원장님의 훌륭한 가르침으로 공부할 수 있는 인연이 되었다. 거기에는 비구니 스님도 한 명 공부하러 왔는데, 강원을 졸업하고 현재 어느 대학교에 재학 중인 스님이었다. 스님은 여기서 공부한 지 약 4년이 되어 간다고 했다. 그런데 스님을 처음 보았을 때 느낌은 마치 갑자기 자식을 잃어버린 엄마 같았다. 목소리는 힘이 없었으며 하는 행동이 축 처져서 곧 쓰러질 것만 같았다. 그래서 그날 공부를 마치고 별채에 가서 용기를 주기 위해서 문자를 보냈다.

첫 번째 문자,

삼보에 귀의하옵고
통통 스님 안녕하세요.

당신을 만나 참 행복합니다.
당신은 미래에 부처가 될 소중한 분이십니다.
하루빨리 그날이 오기를 두 손 모읍니다.

위와 같이 문자를 보내기 전까지만 해도 스님은 나의 법명도 모르는 상태였다.

답장이 오기를….

'감사합니다. 누구신지?' 스님은 직감으로 선원에서 만난 저란 걸 알고 '법명도 못 여쭤보았네요.'라고 하면서….

그래서 두 번째 문자를 보냈다. (이 문자는 올해 부처님 오신 날에 제가 인연 닿은 불자님들께 보낸 문자입니다. 혹시 도움이 될까 해서요.)

아래 어느 대목에서 깨쳤는지 한 번 맞춰 보세요.

부처님께서는 "온 바 없이 오셨고 간 바 없이 가셨다." 라고 합니다. 이것 또한 우리가 태어났으므로 알게 된 일이며, 불교를 만났기 때문에 가능한 일입니다. 그러므로 부처님 탄신일을 봉축한다고 말하는 것은 우리가 태어나면서, "생겨나지도 않고 소멸하지도 않고, 더럽지도 않고 깨끗하지도 않고, 늘지도 않고 줄지도 않는 것"이 무엇인지 아는 것 즉, 자기 자신이 부처인 줄 '확인하는 날'이 진짜 부처님 오신 날을 봉축하는 일이며, 참 공양 올리는 날이 아닐까?'라고 생각합니다. 그리고 내가 지금 만나고 있는 선지식들은 한결

같이 말씀하십니다. 석가세존은 2600년 전에 온 것이 아니라! 지금 이 문자를 확인하고 있는 '놈(고귀한 당신)' '바로 이놈'이 석가(각자 부처)라고 합니다.

통통 스님

『화엄경』에 이르기를 "믿음은 도의 근본이오. 공덕의 어머니"라 할 만큼 믿음을 강조하고 있습니다. 또, 외동아들이 전쟁터에서 무사히 돌아오기를 바라는 어머니의 간절한 마음과 인디언들은 기우제를 지내면 반드시 비가 온다고 합니다. 왜냐하면, 비가 올 때까지 지내니까요. 믿음 · 간절함 · 끈기는 우리가 완성된 지혜를 증득할 때까지 절대로 멀리해선 안 되는 단어입니다. 반드시 성취해서 멋지게 한번 살다가 갑시다. 저는 통통 스님을 믿습니다.

그런데 비구니 스님이 두 번째 문자를 확인하던 중

지금 문자를 확인하고 있는 '놈(고귀한 당신)' '바로 이놈'이 석가(각자 부처)

이 부분에서 출가 때부터 화두 삼아 들었던 의문이 쑥

뚫리는 체험을 했다고 한다. 스님을 '자식을 잃어버린 엄마 같았다.'라고 한 말은 스님이 화두에 얼마나 간절하게 매달렸는지를 얼굴과 몸으로 잘 표현된 증거라고 할 수 있다. 스님은 저에게 '생명의 은인'이라고 하면서 '말로 표현할 수 없는 고마움을 어떻게 보답해야 할지 모르겠다.'라고 말을 한다.

위에서 주고받은 문자에서 알 수 있듯이 스님이 오직 화두에만 집중하였기 때문에 눈 깜짝할 사이의 기연으로 세상에서 가장 아름다운 소통의 순간이었다고 생각한다. 깨달음을 이루는 찰나의 기연은 자연과 동물 그리고 모든 인간에게 언제 어떻게 일어날지 아무도 모르기 때문이다. 이왕이면 상대에게 힘과 용기를 주고 품위 있고 긍정적이며 활력이 넘치는 내용으로 소통한다면, 상대는 물론이고 위에서 소개한 비구니 스님과 같이 줄탁동시(어미 닭이 병아리가 부화할 때를 알고 밖에서 부리로 쪼아서 병아리가 알밖으로 쉽게 나올 수 있도록 하는)의 절묘한 기연으로 부처가 되는 인연을 지을 수도 있을 것이다.

내 몸이 소통하지 않으면 병이 오고, 부부가 소통하지 않으면 불화가 오고, 나라와 나라가 소통하지 않으면 전쟁이 일어나듯이 모든 것이 소통되어 행복한 사회가 되기를 바라는 마음 간절하다. 무더운 여름! 땀 흘리는 동료에게 시원한 물 한 잔 건네줄 수 있고, 추위에 떨고 있는 도반에게 따듯한 커피 한 잔 전해 줄 수 있는 마음만 있다면, 우리들의 인격은 높아질 것이며 사회는 더 밝아진다고 믿는다.

壬辰年(2012) 8월 서울 동국대학교 백상원에서

再 泉 붓! 들다.

매일 씻는 쌀알만큼 중생을 구제하겠다

나는 2006년 7월 26일, 지금의 은사 스님께서 계시는 진주 여래사로 출가를 했다. 그런데 그날 스님께서 "너는 나이도 많고 하니 바로 해인사로 가라."라고 말씀하셨다. 나는 영문도 모른 채 진주 터미널에서 합천 해인사행 버스에 몸을 실었다. 장대비가 쏟아지는 날 두 시간 반에 걸쳐 도착한 해인사는 비가 오지 않았다. 원주실로 가서 "출가하러 왔습니다."라고 하니 원주시자가 접수를 해 줬다.

그때부터 '차라리 군대는 두 번 갈 수 있어도 해인사 행자생활은 두 번 하기 힘들다.'는 행자생활이 시작되었다. 마음 놓고 하늘을 쳐다볼 수 없을 정도로 상차의 시선이 두려웠고 말은 필요 없고 오직 복종만 있을 뿐이다. 속세에서 40년 넘게 살아온 칼날 같은 나라는 상이 상차의 말에 모서리가 갈려 나가기 시작한다. 마치 냇가에 돌들이 오랜 세월 동안 거친 물살에 서로 부딪쳐 둥글어지듯이…. 묵언, 차수, 절대복종, 시선 하향, 발끝 모음, 화장실이 급해도 절대 혼자 갈 수 없는 시절, 등등 어찌 겪어 보지 않은 사람이 그때의 분위기를 상상이나 할 수 있겠는가?

자네, 어디로 가고 있나

절집에서 하는 말 중에 "행자 때 쌓은 복으로 평생 중질한다."라는 말이 있다. 그것은 아마 행자들이 때마다 법당과 각 전각에 모셔져 있는 불보살님께 사시 마지 올리고, 스님들께 공양 올리고, 또 절에 찾아오시는 신도분들에게 따뜻한 밥 한 그릇 지어 드리는 공덕 때문일 것이다. 그 복으로 다른 데 신경 쓰지 않고 열심히 공부만 할 수 있는 것이다. 제가 속복을 거쳐 삭발을 하고 정식 행자가 돼서 공양간에 내려가 처음 맡은 소임이 채공(茶供)이었다. 어른 스님들이 공양을 할 수 있도록 준비하는 소임이었다. 그 후 어느 정도 시간이 지나면 갱두(국 끓이는 담당) 보조나 공양주 보조를 거쳐 갱두 혹은 공양주가 된다. 나는 공양주 보조를 거쳐 드디어 해인사 솥뚜껑 주인인 공양주가 되었다.

매일 평균 400~500명 정도의 밥을 해야 하고 또 사시(점심)에 전국에서 관광버스가 오거나 행사가 있는 날은 수천 명분의 밥을 지어야 했다. 봄가을에 있는 정대불사 때는 약 만 명 정도가 오기 때문에 여러 명이 밤새도록 밥만 해야 할 때도 있었다. 그때 공양간에는 600인분짜리 스팀기 2대와 약 70인분짜리 밥솥 8개가 있었다. 가스 압력 밥솥에 밥을 할 때는 멥쌀 두 바가지 반에 찹쌀 반 바가지를 3~4번을 깨끗이 씻어 물을 맞춰 스위치를 올리면 약 40분

정도 지나면 밥이 된다. 우리가 매일 먹는 음식 중에 밥만큼 싫증 나지 않고 코를 자극하는 냄새는 아마 없을 것이다. 다 된 밥은 두 대의 대형 온장고에 부푼 가슴처럼 봉긋하게 밥을 담아서 랩을 싸 넣어 둔다. 큰 행사 때는 약 1000명분의 밥을 담을 수 있는 나무로 만든 큰 배에 담아 두고 바로 배식을 하기도 한다.

나는 약 5년의 해인사 생활 중 8개월의 행자생활과 강원 3학년 때 별좌 소임을 포함해 약 4년 동안 크고 작은 행사 때마다 밥을 지었다. 새벽 일찍 공양간 계단을 내려가 불을 켜고 공양간 안쪽에 모셔진 조왕단에 촛불을 밝히고 향을 사르고 예를 표하며 간절히 발원을 한다. '반드시 도를 이루어 내가 매일매일 씻는 쌀알만큼 중생을 구제하겠다.' 라고, 그리고 '해인사를 찾는 모든 사람이 무사히 집에 돌아갈 수 있기를 바라며, 원하는 모든 것이 다 이루어지고, 끝끝내 부처가 되기를.' 간절히 두 손을 모았다.

그 사람들이 공양을 드시고 나가면서 '잘 먹었습니다.'라고 인사하시는 모습이 지금도 눈에 선하다. 그때 앞치마를 두르고 맛있게 드시는 신도분들을 보고 있으면 나도 모르게 눈물을 훔친 날도 여러 번 있었다. 지금 와서 보니 그 시절이 다 꿈속의 일이고 제도할 중생은 본래 없더라.

상차: 단 1초라도 먼저 출가한 행자가 상차가 된다.

처음과 끝

『법화경』 방편품에 이르기를
"이른바 모든 법은,
여시상(如是相), 이와 같은 형상이며,
여시성(如是性), 이와 같은 성품이며,
여시체(如是體), 이와 같은 바탕이며,
여시력(如是力), 이와 같은 힘이며,
여시작(如是作), 이와 같은 작용이며,
여시인(如是因), 이와 같은 원인이며,
여시연(如是緣), 이와 같은 연이며,
여시과(如是果), 이와 같은 결과이며,
여시보(如是報), 이와 같은 갚음이며,
여시본말구경등(如是本末究竟等), 이와 같은 처음과 끝
의 궁극에는 같음이니라."라고 하셨다.

(석묘찬 대법사 옮김, 『묘법연화경』, p.136~137)

이것이 그 유명한 『법화경』 방편품의 십여시(十如是)이
다.

자네, 어디로 가고 있나

십여시란 우주에 존재하는 만물 만상의 실체를 부처님의 지혜로 하나하나 풀어놓은 것을 말한다. 부처님께서 깨달으신 연기법과 제법실상이 결코 불이(不二) 즉 연기법이 곧 제법실상이고 제법실상이 곧 연기법인 것을 알 수 있다.

십여시는 처음 형상과 마지막 갚음이 본말구경등(本末究竟等: 모두 다 같은 관계)이다. 즉, 일체 모든 존재의 실상의 모습은 연기의 관계 속에서 서로가 서로를 의지하고 도우며 그것이 인과가 되어 일정 기간 유지하다 무너지고 사라지기를 반복하는 것이 우리가 살아가는 우주의 참모습이다.

우리는 어떤 음식을 대하는 태도에 있어,
식탁 위에 있으면 밥과 반찬이고,
몸 안으로 들어오면 살이 되고,
그 찌꺼기를 밖으로 쏟아 내면 똥이라고 여긴다.

우주의 도움으로 만들어진 음식과 몸과 똥의 경계가 본래 없는데, 우리는 그것을 따로따로 분별한다. 이것은 사물의 실상을 모르는 착각에서 온다. 그러니 안과 밖을 분별하지 마라. 안이 없으면 밖이 없고 밖이 없으면 안이 없다. 안과 밖이 본래 둘이 아니다. 우리의 몸도 나 아닌 것들이 모여 세워진 가건물이지 않겠느냐? 우리가 불안해하는 것은 언제 철거될지 모르기 때문이다. 그런데 사실 우리는 본래 태어난 바가 없다. 그래서 『반야심경』에 "불생불멸 불구부정 부증불감 생겨난 바도 없고 소멸한 적도 없고 더럽고 깨끗함도 없고 늘어나고 줄어듦도 없다."라고 한 것이다.

예를 들면 온갖 농작물과 과일, 채소 등등을 심고 거둬들이기를 끝없이 반복하지만, 그 땅은 늘 그대로이듯이, 땅은 우리의 본래 성품이고 땅을 의지하여 생겨난 농작물인 과일, 채소 등은 마치 지금 우리가 지구를 의지해 살고 있는 모든 존재들이라고 할 수 있다. 그래서 "처음과 끝이 궁극에는 같음이니라."라고 한 것이다.

연꽃을 비유로 들면 연꽃은 세 가지 덕을 갖추고 있는데 그중에 하나 "화과동시(花果同時), 꽃이 피는 동시에 열매를 맺는다."는 이를 두고 하는 말이다. 이제 우리도 밥상 위에 있는 음식을 보고 좋아하지도 말고, 화장실에 가서 냄새난다고 인상 찌푸리지도 말자. 처음과 끝은 본래 다르지 않다. 씨앗이 곧 열매고 열매가 곧 씨앗이다.

당신이 바로 그 연꽃이다.

자네, 어디로 가고 있나

무여 문봉선 書(나무묘법연화경)
15×133×52

살 말고 아상(我想)을 빼라

많은 사람들이 살을 빼기 위해 돈과 시간을 할애한다. 그럼 살을 빼면 모든 문제가 해결될까? 또 생긴다. 왜냐하면 살을 빼는 것이 우리의 근본적인 문제를 해결해 주지 못하기 때문이다. 그럼 어떻게 하면 될까? 살을 뺄 것이 아니라 '나', '내'라는 아상을 빼야 한다. 이것만 빼면 인간의 근본적인 생사문제가 해결되기 때문에 살이 찌든 빠지든 전혀 걱정할 일이 없다. 나의 아상이 빠지면 내가 살을 빼려고 했던 그 마음이 얼마나 큰 상이었다는 것인지 알 수 있다.

그러니 하루에도 수백 번씩 하늘을 찌르는 '나', '내'라고 움켜쥐고 있는 그 아상을 빼라. 내가 없는데 나를 움켜쥐고 있으니 괴로울 수밖에……. 지금 당장 시작하라. 아상을 빼는 시간은 그리 넉넉하지 않다. 이 아상을 빼지 않으면 절대 괴로움의 종식은 없다.

제가 아는 보살님 한 분을 오랜만에 만났어요. 그런데 살이 많이 쪘어요. 제가 살쪘다는 소리를 직접 할 수 없어 이렇게 말했어요.

"허공이 줄어들었다."

둘 다 크게 웃었어요.

내 안의 중생을 제도하라

아래 첫 번째 글은 웨스트민스터 대성당의 지하 묘지에 있는 한 영국 성공회 주교의 무덤 앞에 적혀 있는 글이라고 한다.

"내가 젊고 자유로워서 상상력에 한계가 없을 때, 나는 세상을 변화시키겠다는 꿈을 가졌었다.

좀 더 나이가 들고 지혜를 얻었을 때 나는 세상이 변하지 않으리라는 걸 알았다. 그래서 내 시야를 약간 좁혀 내가 살고 있는 나라를 변화시키겠다고 결심했다. 그러나 그것 역시 불가능한 일이었다.

황혼의 나이가 되었을 때 나는 마지막 시도로, 나와 가장 가까운 내 가족을 변화시키겠다고 마음을 정했다.

그러나 아무도 달라지지 않았다.

이제 죽음을 맞이하기 위해 누운 자리에서 나는 문득 깨닫는다. 만일 내가 나 자신을 먼저 변화시켰더라면, 그것을 보고 내 가족이 변화되었을 것을. 또한 그것에 용기를 얻어 내 나라를 더 좋은 곳으로 바꿀 수 있었을 것을, 그리

　　　　　　　자네, 어디로 가고 있나

고 누가 아는가, 세상까지도 변화되었을지!"

『법화경』제오 약초유품에 보면 "저 큰 구름이 일체 풀과 나무와 빽빽한 숲과 그리고 또 모든 약초에 비를 내리면 그 종류와 성품에 따라 흡족하게 물기를 받아서 각각 생장함을 얻는 것과 같으리라."라는 그 유명한 부처님의 말씀이 있다. 우리가 사는 세상도 마찬가지다. 수많은 사람에게 똑같은 법문을 해도 받아들이는 것은 천차만별이다. 비유하면 말의 채찍의 그림자를 보고도 달리는 말이 있는가 하면 엉덩이에 피가 철철 나도 달려야 할지 멈추어야 할지를 잘 모르는 말도 있는 것이다.

『장아함경』십상경에는 우리가 사는 중생계에는 욕계, 색계, 무색계 즉 3계에는 "아홉 가지 거주처(9중생거)"에 중생들이 살고 있다고 했다. 그 첫 번째가 우리가 사는 욕계이다. 이 욕계에는 "어떤 중생들은 서로 다른 몸을 가지고 서로 다른 생각을 하면서 살아간다. 천상의 중생과 인간이 그렇다."라고 했다.

또 『맛지마니까야』업에 대한 작은 분석의 경에서는 "뭇 삶들은 자신의 업을 소유하는 자이고, 그 업을 상속하는 자이며, 그 업을 모태로 하는 자이며, 그 업을 친지로 하는 자이며, 그 업을 의지처로 하는 자입니다. 업이 뭇 삶들을 차별하여 천하고 귀한 상태가 생겨납니다."라고 했다.

(전재성 역주, 『맛지마니까야』

한국빠알리성전협회, 2002, p.1465)

일체 모든 중생은 모두 각자 타고난 업이 다 다르다. 그 타고난 업은 그 어느 누구도 바꿀 수 없고 오직 자기 자신만이 바꿀 수 있다. 그래서 이 세상은 아무런 문제가 없다. 왜냐하면 업으로 돌아가기 때문이다. 그러니 남을 바꾸려고 용쓰지 말고 내가 나를 정복하는 데 나의 모든 것을 바쳐라. 우리가 상대와 다툼이 자주 일어나는 이유는 내 입장에서 상대를 바라보기 때문에 틀리게 보인다. 틀린 것이 아니라 다름을 인정해야 한다. 그것이 안목이고 지혜이다. 그런데 우리는 어리석어서 자신은 저 산의 큰 바위처럼 꿈쩍도 않으면서 남은 강가의 갈대처럼 흔들려고 하다가 그 황금 같은 시간을 다 소비해 버린다. 세상 사람들에게 연꽃 한 송이만 들어 보여도 그 뜻을 아는 사람만 있었다면 부처님께서 뭐 할라꼬 팔만 사천 가지 방편을 펴셨겠는가? 오직 내 문제만 해결되면 일체 모든 중생이 한꺼번에 제도된다. 그러니 내 안의 중생을 다 제도하라. 이것이 불교의 전부이다.

자네, 어디로 가고 있나

내가 지은 복은 반드시 내가 받는다

천안제일 아누룻다 존자는 부처님의 법문 중에 졸다가 부처님께 꾸지람을 듣고 그때 이후 잠을 자지 않고 수행하여 눈이 멀어 실명이 되었다. 하지만 천안통을 얻었다. 어느 날 아누룻다가 떨어진 옷을 깁다가 실을 바늘귀에 꿸 수가 없었다. 그는 마음속으로 "이 세상에서 도를 얻은 아라한은 나를 위해 바늘에 실을 꿰어 주세요."라고 생각했다. 부처님께서 천이통으로 그 소리를 듣고 아누룻다에게 다가가서 "너는 그 바늘을 가져오너라. 내가 실을 꿰어 주겠다."라고 하시면서 "세상에서 복을 구하는 사람으로 나보다 더한 사람은 없다. 여래는 여섯 가지 법에 있어서 만족할 줄을 모른다. 무엇이 여섯 가지인가? 첫째는 보시오. 둘째는 교훈이며, 셋째는 인욕이요, 넷째는 법다운 설명과 이치에 맞는 설명이며, 다섯째는 중생을 보호하는 것이요, 여섯째는 위없이 바르고 참된 도를 구하는 것이다." 그리고 또 게송으로 "이 세상에 있는 모든 힘 중에 천상과 인간에서 노닐게 하는 것 복의 힘이 가장 훌륭하나니 그 복으로 불도도 성취하네."라고 말씀하셨다.

자네, 어디로 가고 있나

절집에서 '복 많이 받으세요.'라고 하지 않고 '복 많이 지으세요.'라고 하는 이유가 바로 여기에 있다.

부처님께서는 진리의 전륜성왕이 되시고 불법승 삼보가 갖추어지고 평생 손수 탁발을 다니셨다. 그 이유는 복이 부족해서 그런 것이 아니다. 그렇다고 복을 그냥 나눠 줄 수도 없으니, 부처님께서 직접 탁발을 함으로써 공양 올리는 사람들에게 복 지을 기회와 중생을 보호하기 위함인 것이다. 같은 밥 한 그릇이라도 일체지자이신 여래에게 올리는 공양은 그 무엇과도 비교할 수 없는 복덕이 되기 때문이다.

이 세상에는 내가 복을 지었는데 다른 사람이 받는 경우는 없다. 내가 지은 복은 반드시 내가 받는다. 만약 부유한 부모를 둔 자식이 셋 있다고 가정해 보자. 부모가 죽기 전에 자식 셋에게 각각 10억 원씩 주기로 약속을 했다. 그래서 첫째 둘째에게는 10억 원씩 현금으로 주었다. 그런데 막내는 주려고 하니까 '지금 당장은 필요 없으니 나중에 주세요.'라고 해서 부모님이 그 돈을 보관하고 있었다. 만약 이때 막내가 그 10억 원을 받을 복이 없으면, 갑자기 집안에 큰일이 생겨 그 돈을 받지 못할 경우가 생긴다. 또한 회사에서 팀장이 '오늘 회식이 있는데 저녁 몇 시까지 어느 식당에서 모이세요.'라고 하면 그 밥 한 그릇도 받아먹을 복이 없으면 하필 그날 일이 생겨 회식에 참석 못 하는 경우도 생긴다.

『범망경』에서는 선근 인연을 심은 사람끼리 만남을 겁으로 표현한다. "7천 겁은 부부가 되고, 8천 겁은 부모와 자식이 되며, 9천 겁은 형제자매가 된다."라고 한다. 그럼 그 인연이 어떻게 만날까? 인광 대사의 「가언록」에는 부모와 자식 사이에는 네 가지 인연이 있다고 한다. "첫째는 은혜를 갚는 인연이고, 둘째는 원한을 갚는 인연이며, 셋째는 빚을 갚는 인연이고, 넷째는 빚을 되찾는 인연."이라고 한다. 그럼 지금의 부모, 부부, 자식의 인연이 은혜를 갚으러 왔는지, 원한을 갚으러 왔는지, 빚을 받으러 왔는지, 빚을 갚으러 왔는가를 짐작할 수 있다.

자네, 어디로 가고 있나

인과(因果)는 수학공식보다도 더 정확하다

"촌장이여! 그대는 어떻게 생각합니까?

여기 어떤 사람이 살아 있는 생명을 죽이고, 주지 않는 것을 빼앗고, 사랑을 나눔에 잘못을 범하고, 거짓말을 하고, 이간질을 하고, 욕지거리하는 말을 하고, 꾸며대는 말을 하고, 탐욕스럽고, 미워하는 마음이 있고, 삿된 견해에 사로잡혀 있다고 합시다. 그때 그 많은 사람이 함께 와서 '몸이 파괴되고 죽은 뒤에 좋은 곳에, 하늘나라에 태어나소서.'라고 기도하고, 찬탄하고, 합장하여 순례한다면, 촌장이여, 그대는 어떻게 생각합니까? 그 사람은 많은 사람의 기도 때문에, 찬탄 때문에, 합장 순례 때문에 몸이 파괴되고 죽은 뒤에 좋은 곳에, 하늘나라에 태어날 수 있겠습니까?

세존이시여, 그렇지 않습니다."

"예를 들어 커다란 돌을 깊은 호수에 던져 넣었다고 합시다. 많은 사람이 와서 그것을 두고 '커다란 돌이여, 떠올라라, 커다란 돌이여 떠올라라.'라고 기도하고, 찬탄하고, 합장하고 순례한다면, 촌장이여 그대는 어떻게 생각하니까? 그 커다란 돌이 많은 사람의 기도 때문에, 주문 때문에, 합장 순례 때문에, 물속에서 떠오르거나 땅 위로 올라오겠습니까?

세존이시여, 그렇지 않습니다."

"어떤 사람이 살아 있는 생명을 죽이지 않고, 주지 않는 것을 빼앗지 않고, 사랑을 나눔에 잘못을 범하지 않고, 거짓말을 하지 않고, 이간질을 하지 않고, 욕지거리하는 말을 하지 않고, 꾸며대는 말을 하지 않고, 탐욕스럽지 않고, 미워하는 마음이 없고, 올바른 견해를 가졌다고 합시다. 그때 그에게 많은 사람이 함께 와서 '몸이 파괴되고 죽은 뒤에 괴로운 곳, 나쁜 곳, 지옥에 태어나소서.'라고 기도하고, 저주하고, 합장하여 순례한다면, 촌장이여, 그대는 어떻게 생각합니까? 그 사람은 많은 사람의 기도 때문에, 저주 때문에, 합장 순례 때문에 몸이 파괴되고 죽은 뒤에 괴로운 곳이나 나쁜 곳이나 타락한 곳, 지옥에 태어나겠습니까?

세존이시여 그렇지 않습니다."

"예를 들어 버터기름이 든 병이나 참기름이 든 병을 호수에 던져서 깨졌다고 합시다. 그러면 병의 조각이나 부스러기는 밑으로 가라앉을 것입니다. 그때에 버터기름이나 참기름은 위로 뜰 것입니다. 많은 사람이 함께 와서 '버터 기름이여, 참기름이여, 잠겨라. 물밑으로 가라앉아라.'라 고 기도하고, 주문을 외우고, 합장하여 순례한다면, 촌장 이여 그대는 어떻게 생각하십니까? 버터기름이나 참기름 이 많은 사람의 기도 때문에, 주문 때문에, 합장 순례 때문 에, 잠기거나 물밑으로 가라앉겠습니까?

세존이시여, 그렇지 않습니다."

(전재성 역주, 『오늘 부처님께 묻는다면』,

한국빠알리성전협회, 2002, p.426~428)

한마디로 요약하면, 죄를 짓지 않고 착한 일을 많이 한 사람에게 수많은 사람이 아무리 비난의 화살을 퍼부어도 그 사람은 하늘나라에 태어날 수밖에 없고, 죄를 짓고 악 한 일을 많이 한 사람에게 수많은 사람이 모여서 아무리 좋은 말로 안심시켜도 그 사람은 결국 지옥에 태어날 수밖 에 없다는 것이다. 마치 위의 돌과 참기름의 비유처럼.

"선인선과 악인악과(善因善果 惡因惡果) 자작자수(自作 自受) 인과응보(因果應報)"라는 말이 있다. "착한 일을 하 면 착한 과보를 받고, 악한 일을 하면 악한 과보를 받고, 자기가 지은 과보는 자기가 받는다."라는 말이다. 이 말은 "콩 심은 데 콩 나고 팥 심은 데 팥 난다."라는 말로 자주 회자 된다. 우리는 뉴스나 드라마 등 많은 대중 매체를 통해 보면 큰 죄를 지어 놓고 돈과 권력을 이용해서 그 죄를 무마하려는 사람들의 소식을 자주 접하고 보게 된다. 그런 사람들은 돈과 권력을 이용해 그 죄를 일시적으로 피할 수는 있다. 그렇다고 그 죄가 없어지는 것이 아니다. 즉 "인간이 쳐 놓은 그물은 피할 수 있어도 하늘이 쳐놓은 그물은 절대 피할 수 없다." 왜냐하면 그 인과는 수학공식보다도 더 정확하게 찾아오기 때문이다. 그래서 죄짓고는 못 산다고 하는 것이다.

　나무는 새순을 낳고 꽃을 피우고 열매를 맺어 오래오래 살고 싶어 하지만 비·눈·바람이 가만두지 않듯이, 우리도 누구나 행복하게 잘 살다가 조용히 떠나고 싶지만, 자기가 과거에 저질러 놓은 악업의 열매가 익어 때맞춰 찾아오면, 그 업은 부처님도 막을 수 없다. 자기가 지은 업은 반드시 자기가 받아야 하기 때문이다. 그래서 부처님께서는 "그림자가 형상을 따르듯 자기가 지난 세상에 저질러 놓은 업을 피할 장소는 산도 바닷속도 하늘도 땅에도 없다."라고 말씀하신 것이다. 그러므로 우리는 천 사람 만 사람에게 착하고 좋은 일을 하는 것도 중요하지만, 단 한 사람에게라도 원한 맺힐 관계를 맺지 않는 것이 더 중요하다.

죄(罪)의 자성이 본래 공하다

"우리가 잘못을 하여 죄를 뉘우쳐도 내가 저지른 죄는 마음속에 남는다고 한다. 마치 못을 박았다가 빼면 그 흔적이 남는 것처럼." 하지만, 그 나무가 본래 있었던 것이 아니고 인연 화합에 의해 연기적으로 생긴 것이라고 깨닫게 되면, 그 못 자국도 본래 없다는 것을 알게 된다. 그래서 죄는 본래 자성이 없어 공한 것이다. 그렇다고 고삐 풀린 망나니처럼 사고를 치면 그 죄는 반드시 받아야 한다.

『천수경』에 보면 "백겁적집죄 일념돈탕진 여화분고초 멸진무유여" 즉, "백 겁 동안 쌓은 죄도 한 생각에 몰록 제거해 주소서. 마치 건초더미에 불이 붙으면 순식간에 다 타버리듯이 소멸시켜 주소서."라는 유명한 구절이 있다. 이것이 불교의 매력이고 끝이 있는 종교이다.

부처님 당시에 살인마 앙굴리마라는 "하루해가 지기 전에 사람 백 명을 죽여 그 손가락으로 목걸이를 만들면 하늘나라에 태어날 조건을 갖춘 사람이 될 것이다."라는 스승의 말에 99명의 손가락을 목에 걸고 마지막 한 개를 더 채우기 위해 숲속을 두리번거리고 있었다. 그때 싼 음식

자네, 어디로 가고 있나

을 품에 안고 다가오는 어머니의 머리채를 휘어잡고 소리쳤다. 어머니의 도움으로 저는 이제 하늘나라에 태어나게 되었습니다. 어머니는 조용히 눈을 감고 목을 길게 내놓았다. 시퍼런 칼날로 그녀의 가녀린 목을 치려던 순간 앙굴리마라가 멈췄다. 부처님이 나타나신 것이다. 그때 비로소 앙굴리마라는 스승의 가르침이 잘못되었다는 것을 알고 칼을 던지고 땅바닥에 엎드렸다. "세존이시여! 저를 제자로 받아 주십시오." 그날 밤 피와 땀이 엉켜 붙은 머리카락을 자른 앙굴리마라에게 부처님은 차근차근 법을 설해 주셨다. 동쪽 하늘이 밝아 올 무렵 온갖 번뇌가 사라진 앙굴리마라는 진리에 눈을 떴다. 다음 날 아침 걸식을 하기 위해 거리로 나설 때였다. 사람들이 몰려들어 침을 뱉고 흙을 뿌리고 돌을 던지고 몽둥이로 내리쳤다. 사람들의 분노는 빠세나디 왕의 병사들이 달려와 제지하고서야 멈췄다. 갈가리 찢긴 가사와 깨어진 발우, 앞이 보이지 않을 만큼 부어오른 눈 두 덩이에 피투성이가 된 다리를 끌며 앙굴리마라는 기원정사로 향했다. 기원정사 문 앞에서 부처님이 기다리고 계셨다.

부처님께서 연못으로 데려가 피 묻은 그의 얼굴을 씻어 주면서 말씀하셨다. "앙굴리마라, 참아 내야 한다. 너에 대한 분노와 원망은 아주 오래갈 것이다." 앙굴리마라는 무릎을 꿇고 합장하며 밝은 목소리로 노래하였다. "지금 흘리는 피는 지난날의 업장을 녹이는 것 누구도 원망하지 않으리다. 누구도 미워하지 않으리다. 어떤 이는 채찍으로 저를 때리고 어떤 이는 폭언으로 저를 욕해도 끝내 칼과 몽둥이로 맞서지 않으리니 저는 이제 스스로를 항복받았습니다." 부처님께서 밝은 웃음을 보이며 칭찬하셨다. "훌륭하구나, 훌륭하구나."

(대한불교조계종교육원 부처님의 생애 편찬위원회,

『부처님의 생애』, 조계종출판사, 2010, p. 329~338)

부처님께서는 "전쟁터에서 백만의 군사를 무찌르는 것보다 자기 자신을 정복하는 자가 진정한 승리자다."라고 말씀하셨다. 이 승리자가 바로 대장부이다. 나와 세상의 실상을 한 번 확인하는 것이 얼마나 큰일인지 잘 보여 주고 있다. 만약 앙굴리마라가 부처님의 법문을 통해 진리의 눈을 뜨지 못했다면 그가 위와 같은 게송을 남기지 못했을 것이다. 지금 나와 인연 된 사람이 설사 악연으로 만나서 그 고통이 치성하더라도 그 인연은 절대 그냥 일어나는 것이 아니라는 것을 알아야 한다.

지난해의 흔적이 이 세상 그 어디에도 없는 것처럼 그 괴로움 또한 본래 실체가 없는 것이다. 한때 그 행복했던 과거도, 한때 죽고 싶을 정도로 힘들었던 그 자취도 모두 꿈속의 일이지 않으냐? 그러니 모두 놓을 수 있는 것이다. 과거의 흔적이 본래 없다면 현재의 자취가 어디 있으며 미래의 발자국 또한 어디에 있을 수 있겠는가? 우주의 법칙이 본래 그러하고 당신의 자취가 본래 그러하다.

거룩한 침묵(沈默)

침묵이라는 팻말을 목에 걸고 말을 하지 않는다고 침묵이 아니다. 비록 입은 닫았지만 잠시도 쉬지 않고 죽 끓듯 일어나는 생각이 온천지를 야생마처럼 뛰어다닌다면 그 것이 어찌 침묵이라고 할 수 있겠는가?

거룩한 침묵은 부처님처럼 49년 동안 일체중생들을 위하여 그 방대한 팔만사천 법문을 말씀해 놓고도 나는 한마디도 설한 적이 없다고 하신 것이 거룩한 침묵이다. 왜냐하면, 나 없는 상태(오온이 개공인 상태, 오취온이 완전히 소멸한 상태)에서 말씀하셨기 때문이다. 즉, 나라고 취하고 있던 오취온이 완전히 소멸되면 나와 남을 분별했던 그 생각이 흔적도 없이 사라져서 나 없는 삶이 되기 때문이다.

그때 분명히 말을 하고 있지만 말하고 있는 내가 없기 때문에 말을 해도 말한 바가 없고, 때가 되어 밥을 먹고 있지만, 밥 먹는 내가 없기 때문에 밥을 먹어도 밥을 먹은 바가 없다고 할 수 있다. 이때 하는 말이 나 없이 하는 말이기 때문에 거룩한 침묵이고 이때 사는 삶이 나 없이 사는 삶이기 때문에 참다운 삶이다. 그래서 경에 이르기를 "나는 단 한마디도 설한 적이 없고 나는 온 적도 없고 간 적도 없고 앉고 누운 적도 없다."라고 하신 것이다.

『유마경』에 보면 문수 보살이 유마힐(유마 거사)에게 "어떤 것이 불이 법문에 들어가는지 말씀해 주세요."라고 물었을 때 유마 거사는 "침묵했습니다." 이에 문수 보살이 "문자도 언어도 없는 것이야말로 둘이 아닌 법문으로 들어가는 길입니다."라고 찬탄했습니다.

이것이 그 유명한 유마 거사의 "우레와 같은 침묵"이다. 이때 유마 거사의 침묵이 부처님의 설법과 다르지 않기 때문에 거룩한 침묵이라고도 할 수 있고 거룩한 설법(착한 사람의 가르침)이라고도 할 수 있는 것입니다.

그러므로 내가 있는 상태 즉, 몸과 마음과 의식이 나라고 꽉 움켜쥐고 있는 상태에서는 설법을 하여, 지나가는 개미들이 합장을 하고 날아가는 새가 노래를 부르고 산천 초목과 하늘이 감동하여 우레와 같은 굉음으로 맞장구를 치더라도 그것은 참다운 설법이 아니듯이, 내가 있는 상태에서 하는 침묵은 입술을 붙여 놓고 침묵하는 척하는 것이지 절대 침묵이 아니다.

마치, 가마솥에 물을 붓고 장작불을 지피면 솥은 가만히 있지만 그 솥의 열기에 의해 물이 팔팔 끓으면 그 솥뚜껑이 들썩들썩거리듯이 온갖 망상이 춤을 추고 있는데 어찌

입을 닫았다고 침묵이라 할 수 있겠는가?

거룩한 침묵은 부처님과 유마 거사와 같이 나와 세상이 완전히 하나가 되어 그 하나마저 없어졌을 때 하는 말이 바로 거룩한 침묵이고 그 침묵이 바로 거룩한 설법인 것이다.

자네, 어디로 가고 있나

시간의 기원

"아난다여. 인간에게 기억능력이 없다면 시간 감각을 가질 수 없을 것이다. 인간의 의식은 무언가를 기억하면서 작동하기 시작한다. 결과적으로 말해서 인간의 기억이 바로 시간의 기원이다. 물론 우리가 과거의 몇몇 사건을 기억할지라도, 그것으로 세계의 시초를 말할 수는 없다. 오직 상상할 수 있을 뿐이다."

"그렇다면 세존이시여. 그곳에서 우리는 어떻게 해야 하겠습니까?"

"아난다여. 내가 아는 한 이 세계는 세계의 시작과 소멸과 그 소멸에 이른 과정은 이 볼품없는 한길 몸뚱이 속에 있다. 다만 이 몸뚱이는 죽은 고깃덩어리가 아니라 기억하고 느끼고 인식하고 깨어 있는 마음을 담고 있는 그릇과 같은 것이다. 깨달은 자는 시간에 먹히거나 시간에 제한당하지 않는다. 그는 오히려 시간을 먹고 시간을 고르기에 시간으로 인해 근심할 일이 없는 것이다."

(이학종 지음, 『붓다 연대기』, 불광출판사, 2021, p.697~698)

우리는 시간이 나를 비롯하여, 생겨난 것은 그 무엇을 막론하고 깎아 먹는다고 말하지만, 깨달은 사람은 그 시간을 유용하게 쓸 뿐이다. 어리석은 사람은 시간에 쫓기지만 지혜로운 사람은 시간을 굴린다. 마치 내가 경전에 굴림을 당하는 것이 아니라 내가 경전을 자유자재로 굴리는 것과 같다. 모든 이에게 똑같은 시간을 두고 우리는 시간에 굴림을 당하지만, 부처님은 시간을 굴리신 분이다.

부처님께서 "인간의 기억이 바로 시간의 기원이다."라고 말씀하셨듯이, 인간은 태어나 두 살~다섯 살 때의 첫 기억을 자기의 의식 속에 저장하면서부터 비로소 시공간의 개념이 생기는 것이다.

이 세계는 본래 시공간이 없다. 설사 있다고 하더라도 내가 태어나지 않았다면 없는 것이다. 그래서 부처님께서는 "이 세계는 세계의 시작과 소멸과 그 소멸에 이른 과정은 이 볼품없는 한길 몸뚱이 속에 있다."라고 하신 것이다. 다시 말하면, 이 세계는 우리의 기억이 만들어 놓은 세상이라는 말이다. 우리는 첫 기억부터 지금까지 우리의 의식 속에 이름과 모양들을 저장해 놓고는 그 생각이 나라고 철석같이 믿고 살아가고 있는 것이다.

그 시공간의 기원은 바로 이 볼품없는 한길 몸속에서 비롯된 생각이다. 생각은 우리의 의식 속에 저장된 이미지

자네, 어디로 가고 있나

다. 이미지는 마치 물속에 비친 달과 같이 실체가 없다. 우리는 그 허상을 붙잡고 팔다리가 아프도록 춤을 춘다. 진정한 춤꾼은 환을 잡고 춤추지 않는다.

우리의 몸과 생각과 의식은 모두 조건에 의해 연기적으로 생겨난 것이기에 실체가 없는 환(幻)이다. 이름과 모양이 있는 것은 모두 환이다. 환은 조작된 것이다. 조작된 것은 반드시 변하여 소멸된다. 변하여 소멸되는 것은 모두 고통이다. 고통은 그 모든 존재의 실상을 깨달을 때 완전히 치유될 수 있다.

천상의 옷 단풍이 피기까지

오색찬란한 가을 단풍이 뭇사람을 산으로 들로 불러들이고 연신 사진을 찍게 하는 것은 아름다운 형상과 고운 빛깔 때문이다. 단풍의 고운 모양과 색상이 나오기까지 나무는 엄동설한의 혹한을 견뎌야 하고, 딱딱한 나무껍질이 갈라지는 고통을 겪어야만 새순을 밀어 올릴 순간을 맞게된다. 어린잎들은 무럭무럭 자라 꽃을 피우고, 강한 비바람과 천둥 번개에도 겁내지 않고, 나무를 뿌리째 앗아 갈태풍도 잘 이겨 낸다. 단풍이 시련의 시간을 참지 못했다면 우리가 형형색색 예쁜 단풍을 볼 수 있겠는가?

이처럼 우리들의 인생도 짧은 시간에 좋은 결과를 바라는 것은 욕심인지 모른다. 모진 풍파를 딛고 자태를 드러내는 단풍처럼 우리에게 주어진 만남도 좋든 싫든 함께해야 할 인연이 있고 그때가 있다. 그러니 살다 보면 천둥 번개처럼 사나운 사람도 만날 수 있고 봄바람처럼 순한 사람과 인연이 될 수도 있다. 어떤 때는 뇌성벽력같이 강한 사람이 도움이 될 때도 있고 어떤 때는 가을 햇살같이 따뜻한 사람이 필요할 때도 있다. 그 모두가 고해 바다를 지혜

자네, 어디로 가고 있나

롭게 건널 수 있도록 하는 우리들의 훌륭한 선지식이란 걸 알았으면 한다.

가을 단풍이 자연과 조화롭게 어우러져 우리들의 이목을 끌 수 있는 것은 모진 비바람을 견뎌 냈기 때문이다. 이 세상 살다 보면 우리들도 화나고 짜증 날 때가 있다. 그때마다 화내고 짜증 낼 것이 아니라, 마음에 단풍 하나 심어 두자. 때로는 물처럼 유연하게 때로는 산처럼 굳건하게 묵묵히 지내다 보면 어느새 성큼 다가온 가을 단풍처럼 우리들의 얼굴에도 고운 잎 하나 물들 것이다.

우주의 주인

석가모니 부처님께서는 카필라국(지금의 네팔)의 정반 왕과 마야 부인 사이에서 왕자로 태어나셨다. 그럼에도 불구하고 왕위와 온갖 부귀영화를 버리고 출가하여 6년 만에 "자기의 존재는 내가 만든 것도 아니고 남이 만든 것도 아니다. 원인을 연유로 생겨났다가 원인이 소멸하면 사라져 버린다."라는 조건에 의지해서 발생한 연기법의 진리를 발견하시어 진리의 전륜성왕이 되셨다. 이후 그 법을 일체중생들에게 전하기 위해, 평생 맨발로 정진하셨으니 49년 동안 중생들의 행복과 이익을 위해 걸으셨고, 옷 세 벌과 발우 하나만으로 넉넉한 삶을 사셨고, 하루에 한 끼 공양만으로 완벽한 법신을 이루었으며, 땅 한 평 소유하지 않았지만 만족한 잠자리에 드셨고, 귀금속 하나 걸치지 않아도 행복한 웃음을 머금으셨다.

그 흔한 컴퓨터도 없고 SNS를 하지 않아도 훌륭한 소통을 하셨고, 카드나 통장 없이도 부유한 삶을 살다 가셨다. 폭력과 무기를 전혀 사용하지 않았고, 일체중생을 절복(折

자네, 어디로 가고 있나

伏)시킨 삼계의 대도사이셨고, 일체중생을 자신의 몸과 차별 없이 평등하게 대해 주셨고, 길 위에서 태어나 길 위에서 평생 포교하시다 길 위에서 무여열반에 드시었다.

　부처님께서는 오직 언행일치의 삶을 사시다가 약 2600년 전에 반 열반에 드셨지만, 우리의 마음속에 남아 있는 성인 중의 성인으로 항상 추앙을 받으며 존재한다. 그 이유는 오온(五蘊)의 주인이 되셔서도 아니고, 기원정사의 주인이 되셔서도 아니고, 불교 교단의 주인이 되셔서는 더더욱 아니다. 그것은 오직 끝없이 펼쳐진 우주의 주인이 되셨기 때문에 가능한 일이다. 일체중생은 부처님과 터럭만큼도 차이가 없는 우주의 주인이 될 능력을 갖춘 존재이다. 그 능력을 어떻게 펼칠까는 오직 자신의 행동에 달려 있다.

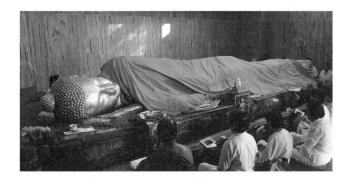

어버이날을 축하하며

　부처님께서는 "세상 사람 가운데, 많은 것을 베풀고 좋은 일을 해도 이 두 분의 은혜는 다 갚을 수가 없다. 그 두 사람은 바로 어머니와 아버지이다. 부모가 자식을 낳아 젖을 먹이고 안아 주고 길러 준 은혜는 매우 큰 것이다. 설사 붓다라고 할지라도 그 은혜를 갚지 않으면 안 된다. 비구들이여, 너희들은 마땅히 부모에게 공양해야 할 것이니, 항상 효도하고 순종하여 그 시기를 놓치지 말아야 한다." 라고 말씀하셨다.

　인류역사상 가장 위대한 사건은 각자 자신이 태어난 사건이다. 이 위대한 사건은 부모로부터 시작되었다. 세상에 이보다 더 큰 일이 있겠는가. 지구에 있는 모든 법당이 무너져 부서지면 다시 지으면 되지만 부모님이 만들어 준 이 법당(몸)은 한 번 무너져 부서지면 재건축이 되지 않는다. 그래서 우리는 부모님이 지어 주신 이 법당이 무너지지 않도록 항상 유지, 보수, 관리를 잘해야 한다.

　우리가 온갖 정성을 다해 부모님을 봉양하면 효자 노릇

은 할 수 있지만, 부모님의 은혜는 다 갚을 수 없다. 은혜를 갚을 수 있는 유일한 방법은 오직 하나 해탈 성불하는 것이다. 이 방법 외에는 없다. 해탈 성불하면 현생 부모뿐 아니라 수억 겁 동안 육도윤회하면서 나를 낳아 길러 주신 모든 부모님과 부처님께 비로소 은혜를 갚을 수 있다. 이번 어버이날에는 부모님께 꼭 찾아가서 '저를 낳아 주고 길러 주셔서 정말 감사합니다. 이제까지 살아오면서 엄마 아빠에게 섭섭하게 하거나 마음에 상처가 되는 말과 행동을 했다면 꼭 용서하세요.'라고 말씀드리는 우리가 되자. 만약 돌아가셨다면 산소나 영정사진 앞에 꽃을 놓고 말씀해 보자. 기적은 이 법당이 움직였을 때만 일어난다. 세상 사람들이 꼭 부처님과 부모님의 은혜를 다 갚을 수 있기를 간절히 서원해 본다.

온 곳 없이 생겼다가 간 곳 없이 사라진다

제일의 공경은 불교의 공(空) 사상을 바르게 이해하는데 있어 참으로 중요한 경이라고 합니다. 천태대사 지의 (智顗: 538~597)에 의하면 부처님께서는 물질에 집착하는 중생들을 위하여 무려 21년이나 『반야경』인 공사상을 설하셨다고 합니다. 『반야부 경전』(600부)이 가장 많은 이유이기도 합니다. 『반야경』의 핵심이 바로 "보는 놈은 생길 때 온 곳이 없이 생겼다가 사라질 때 간 곳이 없이 사라진다."라는 말입니다. 그래서 "업보는 있으나 작자는 없다." 라는 말이 통하는 것입니다.

여름에 포도를 먹고 금방 치우지 않으면 금세 초파리가 생깁니다. 포도를 먹지 않았을 때 분명 초파리는 없었지요. 그런데 포도 찌꺼기를 말끔히 치우면 초파리는 흔적도 없이 사라집니다. 그 초파리는 어디서 왔으며, 어디로 사라졌을까요? 그 초파리는 나타날 때 온 곳 없이 생겼다가 사라질 때 간 곳 없이 사라진 것입니다. 일체 모든 것은 조건이 맞지 않으면 생기지 않습니다. 아무리 똘똘한 씨앗도

자네, 어디로 가고 있나

방구석에 방치되어 있으면 절대 싹을 틔울 수 없지만, 차돌 같은 콩알도 흙과 습기를 만나면 싹틔울 수 있는 것처럼 말입니다.

겨울에 차에 성에가 끼는 것과 마찬가지이지요. 그 성에가 어디 숨어 있다가 짠 하고 차 유리에 찰싹 붙은 것이 아니라 성에가 낄 만한 모든 조건이 갖추어졌기 때문에 홀연히 드러난 것입니다. 나를 비롯한 일체 모든 만물 만상이 드러날 때와 사라질 때가 이와 같음입니다.

무엇이 걱정인가

시작을 알 수 없는 언제부터인가, 스스로 밝아 티끌 없이 맑고 깨끗한 물건(있는 듯 없고 없는 듯 있는)이 있었다. 어느 날 홀연히 지수화풍(地, 水, 火, 風)을 비롯한 우주의 모든 기운과 부모님의 뜨거운 사랑으로 지금의 내 몸이 만들어졌다. 잉태되는 순간 그 물질(정자와 난자)에 의지하여 순수의식도 생겨났다. 세상에 나온 나는, 나와 대상이 분리되는 첫 기억에서부터 지금까지 하늘의 별처럼 수많은 이름과 모양을 나의 의식 속에 빼곡하게 넣어 놓았다. 인연이 닿을 때마다 담아 놓았던 정보들을 하나씩 꺼내어 "이것은 꽃이다. 저것은 나무다." 외치면서 살아가고 있는 것이 바로 나이고 우리들이다.

그때부터 우리는 삼독(탐진치)과 분별의 제왕이 되었다. 비가 오나 눈이 오나 바람이 부나 시도 때도 없이 칭얼거리는 이 육신이 나의 것이고, 나[我]이고, 나의 자아라고 철석같이 믿어 의심치 않았다. 그뿐이랴. 이 허망한 육신을 위해 밤잠 설쳐 가면서 번 돈으로 산해진미(山海珍味)를 차려 냈다. 때맞춰 입혀 주고, 먹여 주고, 재워 주기를 게을리하지 않았다. 그럼에도 불구하고 이 육신은 늙고 병든 나를 헌신짝 버리듯 내던지고 떠난다.

사랑하는 가족과 일가친척들 눈물바다로 만들어 놓고 떠날 수밖에 없게 된다. 그래도 이 육신은 나의 것이고, 내고, 나의 자아인가? 이 한 물건은 뼈와 근육과 살이 없어 절대로 투덜대지 않고 변화하지 않으므로 태어나 늙고 병들어 죽는 일이 없다. 마치 방으로 출입하는 우리들의 모습은 작년과 다르지만, 방 안팎의 텅 빈 허공은 예나 지금이나 늘 그대로인 것처럼 그러하다. 이제 더 이상 속지 않는다면 걱정할 일이 없을 것이다.

보살이여, 무엇이 걱정인가?

비가 온다.
하늘은 젖지 않는다.

바람이 분다.
창공은 흔들리지 않는다.

미세먼지 가득해도 허공은 오염되지 않듯이 우리의 마음도 젖지 않고 흔들리지 않고 오염되지 않는다.

그러니 무엇이 걱정인가?

우리들 각자의 삶이 남산의 꽃처럼 울긋불긋하고 개울가의 돌처럼 제각각 모양은 다르지만, 그 근본 고향은 같지 아니한가.
그러니 무엇이 걱정인가?

저마다의 형상이 다르고 처한 환경이 다르고 입는 옷 색깔이 다르지만 추구하는 궁극은 결국 같은 곳이 아니겠는가?
그러니 무엇이 걱정인가?

연꽃이 진흙에 뿌리를 내리고 있지만 더러움에 물들지 않듯이 우리의 육신이 사바세계에 뒹굴어도 이 마음은 결코 다치는 법이 없다.
그러니 무엇이 걱정인가?

봄에 떨어지는 꽃잎의 고향과 가을에 떨어지는 낙엽의 고향이 다르지 않듯이 결국 우리는 그곳에서 만날 수밖에 없지 않은가? 마치 모든 내[川]와 강(江)의 물줄기가 바다에 이르면 이음새 없고 같은 맛을 내는 것과 같다.

자네, 어디로 가고 있나

그러니 무엇이 걱정인가?

무상(無常)한 세월에도 파괴되지 않고 사계절에 따라 시들지 않은 시작도 끝도 없는 영원한 불(佛) 꽃이 시방 법계의 주인이 되어 늘 활활 타고 있는데,
무엇이 걱정인가?

우리 눈에 보이고 귀에 들리는 만물 만상은 끼리끼리 어우러져서 조건이 맞으면 생겨났다가 조건이 맞지 않으면 소멸될 뿐인 것을. 이 세상에 온갖 일들 다 일어나지만 늘 아무 일도 없다. 이런 연유로 아무리 좋은 일도 아무 일 없었던 것만 못하다 하는 것이다.
그러니 무엇이 걱정인가?

다만, 돋아난 풀이 비바람을 피할 수 없듯 우리의 육신이 있는 한 받아야 할, 피할 수 없는 인연(因緣)인 것을 걱정하라.

삼계의 대도사이시고
사생의 자부이신 부처님.
우리가 살고 있는 남섬부주 사바세계에는 코로나19가

창궐하여 사람들이 두려움과 공포에 떨고 있습니다. 딸꾹질이 자기도 모르게 멈추듯 현재 우리가 겪고 있는 두려움과 공포를 일시에 소멸하여 정상적인 생활을 할 수 있도록 굽어살펴 주시옵소서.

부처님의 자비 광명이 온 누리를 비추듯이 도의 바람과 법의 향기도 우리 일체중생들의 각 가정에 항상 머물러 우리의 삶을 윤택하게 하옵소서. 구류 중생들이 하루빨리 모든 고통에서 벗어나 해탈성불케 하옵소서.

나무청정법신비로자나불
나무원만보신노사나불
나무천백억화신석가모니불
나무일체제불제보살님
나무법화성중님 화엄성중님
나무일체호법선신님
나무마하반야바라밀

일사 석용진 작 16×24

꿈 깰 시간이 그리 많지 않다

"수행승들이여, 이러한 세계가 있는데, 거기에는 땅도 없고, 물도 없고, 불도 없고, 바람도 없고, 무한공간의 세계도 없고, 무한의식의 세계도 없고, 아무것도 없는 세계도 없고, 지각하는 것도 아니고 지각하지 않는 것도 아닌 세계도 없고, 이 세상도 없고, 저세상도 없고, 태양도 없고 달도 없다.

수행승들이여, 거기에는 오는 것도 없고, 가는 것도 없고, 머무는 것도 없고, 죽는 것도 없고, 태어나는 것도 없다고 나는 말한다. 그것은 의처(依處)를 여의고, 전생(轉生)을 여의고, 대상(對象)을 여읜다. 이것이야말로 괴로움의 종식이다."

(전재성 역주, 『우다나 감흥어린 시구』,
한국빠알리성전협회, 2009, p.518~520)

이러한 세계가 어디에 있을까?
죽어서 가는 극락일까?
천상일까?

자네, 어디로 가고 있나

아니면

현재 우리가 살고 있는 세상일까?

이 경이 지금 우리가 살고 있는 세상이 꿈이란 걸 잘 대변해 주고 있다. 잠잘 때 꾸는 꿈도 꿈이지만 지금 우리가 사는 세상도 꿈이다. 이 세상은 너무너무 정밀하고 세밀해서 마치 현실인 줄 착각하고 살아가고 있을 뿐이다. 즉 현실을 가장한 꿈이다.

"사리자여, 모든 법은 공하여 나지도 멸하지도 않으며, 더럽지도 깨끗하지도 않으며, 늘지도 줄지도 않느니라. 그러므로 공 가운데는 색이 없고 수·상·행·식도 없으며, 안·이·비·설·신·의도 없고, 색·성·향·미·촉·법도 없으며, 눈의 경계도 의식의 경계까지도 없고, 무명도 무명이 다함까지도 없으며, 늙고 죽음도 늙고 죽음이 다함까지도 없고, 고·집·멸·도 또한 없으며, 지혜도 얻음도 없느니라."

(대한불교조계종, 한글『반야심경』 2011. 10. 5. 공포)

예불이나 크고 작은 행사 때마다 봉송(奉誦)하는 『반야심경』에서도 우리의 몸인 안이비설신의와 대상인 색성향미촉법이 분명히 있는데 왜 나와 대상도 없고 늙고 죽음도 없다고 했을까?

부처님께서는 우리들이 눈만 뜨면 삼라만상 두두무물이 또렷이 보이고 귀로 들리는 현상세계가 끝없이 펼쳐져 보이는데, 왜 지수화풍 사대와 해와 달이 없고, 오고 가고 머물고 죽는 것도 없고 태어나는 것도 없다고 하셨을까?

그 이유는 아주 간단하다. 부처는 일체 모든 존재는 인연 화합에 의해 연기적으로 생겨났기에 그 속에는 영원히 변하지 않는 고정된 실체가 없다는 것을 깨달았기 때문이고, 중생은 그 이치를 모를 뿐이다. 즉 부처는 이 현상세계가 꿈인 줄 알지만, 중생은 꿈인 줄 모른다는 것이다. 그래서 부처는 세속에 몸을 담고 살지만, 세속을 벗어난 삶이고 중생은 세속에 살지만, 세속에 묶인 삶을 사는 것이다.

초가집이 완성되기 위해서는 나무, 흙, 돌, 땅, 물, 갈대 등이 갖추어져야 하고, 자동차가 굴러가기 위해서는 약 2만 개의 부품이 완벽하게 조립되어야 하듯이, 내가 태어나 살아가기 위해서는 우주법계가 모두 동참해서 약 60조 개의 세포들이 번갈아 가며 생성과 소멸을 끝없이 반복하는 것이다.

만물 만상도 이와 같다. 초가집도, 자동차도, 우리의 몸도 본래부터 있었던 것은 아니지 않은가? 그러니 집착하지 말고 놓아라. 하루빨리 꿈에서 깨어나라. 꿈 깰 시간이 그리 많지 않다.

자네, 어디로 가고 있나

생사가 본래 없다

부처님께서 깨달음을 이루신 후 "내가 성취한 열반은 확고하다. 이것이 나의 마지막 태어남이다. 이제 나에게 더이상 어떤 존재로도 윤회는 없다." 그리고 부처님께서는 내가 깨달은 이 진리를 설할 것인가를 두고 고민에 빠집니다.

"내가 성취한 이 담마는 심오하고, 보기 어렵고, 이해하기 어렵고, 평화롭고 숭고하나 사유만으로 성취할 수 없고, 미묘해서 지혜로운 자만이 경험할 수 있다. 그러나 이 세계의 사람들은 집착을 기뻐하고 집착에서 기쁨을 취하며 집착에 환희한다. 이처럼 탐욕에 물든 이들에게 이 진리를 가르친다는 것이 피곤하고 귀찮은 일이 될 수도 있을 것이다."

부처님께서 번민을 거듭할 때마다 사랑하는 아내와 가족들과 보장된 지위를 포기하고 성문을 나설 때의 기억들이 생생하게 다가왔다. "더 많은 사람들이 내가 깨달은 이 진리를 이해하지 못하겠지만, 사람들 중에는 틀림없이 눈에 티끌이 많이 끼어 있지 않은 이들도 있을 것이다. 이 진리를 전해 주기만 하면 곧 이해하고 해탈의 길로 접어들 사람들도 분명히 있을 것이다." 마침내 부처님께서는 결심을 굳혔다. "슬픔에 사로잡히고 태어남과 늙음에 압도당한 수많은 사람들을 구제하기 위해 나는 반드시 내가 깨달은 이 진리를 전해야 하리라."

(이학종 지음, 『붓다 연대기』, 불광출판사, 2021, p. 255~259)

우리들 눈에는 봄 여름 가을 겨울이 또렷이 구분되어 변해 가는 것처럼 보인다. 그러므로 우리의 몸 또한 태어났기 때문에 늙고 병들어 죽는다고 단 한 번도 의심한 적이 없을 것이다. 그런데 이것은 우리의 눈을 속인 거짓이다. 즉 이것은 세상이 나를 속인 것도 아니고 남이 나를 속인 것도 아니고 내가 나에게 스스로 속은 것이다.

왜냐하면 의지하여 생겨난 것은 생겨나도 생겨난 바가 없는 무생(無生)이기 때문이다. 예를 들어 지구가 있다고 가정해 보면, 지구 자체는 암수가 없다. 하지만 땅을 의지하여 생겨난 꽃, 나무, 곤충, 새, 가축, 짐승, 사람은 분명한 암수가 있다. 땅을 의지하여 생겨난 것은 결국 땅으로 돌아갈 수밖에 없다. 여기서 땅을 우리의 본성인 마음이라고 하고, 땅을 의지하여 생겨난 꽃, 나무, 곤충, 새, 가축, 짐승, 사람은 마음을 의지하여 생겨난 겉모습들이다. 모양이 있는 겉모습들은 찰나도 같은 형태를 유지하지 못하고 변하여 끝내 자취도 없이 흩어지지만, 우리의 본성인 땅(마음)은 늘 그대로이다. 마치 바닷물은 항상 그대로이지만, 그 바닷물을 의지하여 사는 고기들은 끝없이 생멸하듯이… 그래서 「법성게」 마지막 구절에 "구래부동명위불 예부터 움직이지 않은 것을 이름하여 부처"라고 하고, 『금강경』에서는 "불취어상 여여부동(우리들 눈에 보이는 겉모습인) 상(모양)을 취하지 않으면(항상) 여여부동하다."라고 말하는 것이다. 우리는 항상 겉모습인 상(모양)에 집착하여 살기 때문에 그 상을 깨뜨리기 위한 방편의 말이다.

우리는 부모와 자연과 우주의 도움으로 생겨난 이 몸을 나는 몇 년 몇 월 며칠날 몇 시에 산부인과에서 태어났다고 생각하기 때문에 죽음이 있는 것이다. 사성제의 12연기(무명, 행, 식, 명색, 육입, 촉, 수, 애, 취, 유, 생, 노사)에서 유전문의 열한 번째가 생(生)이고 그다음이 노사(老死)인데, 부처님께서는 '왜 늙어 병들어 죽을까.'를 고민하시던 중, '생'이 있기 때문에 늙고 병들어 죽는다는 것을 발견하시고 "아! 내가 태어났다고 생각하니까 늙음과 죽음이 있구나."라는 것을 깨달으신 것이다. '태어났다'는 것은 우리의 생각이다. 생각은 망상이다. 태어났다는 생각이 없으면 죽음이 본래 없다는 것을 안다. 우리는 이 환(幻)인 생각을 실체시하여 생명줄처럼 붙들고 있는 것이 중생이다. 이것

자네, 어디로 가고 있나

이 우리의 눈을 속인 전도몽상(뒤바뀐 생각)이다.

부처님께서 "자기의 존재는 내가 만든 것도 아니고 남이 만든 것도 아니다. 원인을 연유로 생겨났다가 원인이 소멸하면 사라져 버린다."라고 말씀하셨듯이…. 내가 낳은 자식도 내가 낳은 것도 아니고 남이 낳은 것도 아니다. 원인을 연유로 생겨났다가 원인이 소멸하면 사라져 버린다고 할 수 있다. 모든 조건에 의지하여 생겨났기 때문에 자식을 낳아도 낳은 바가 없다. 그런데 우리는 내가 낳았다고 빡빡 우기니까 괴로운 것이다. 자식을 만들 때는 몇 분밖에 안 걸렸는데 그 뒷바라지는 눈을 감을 때까지 해야 하니 이보다 더 큰 수고로움이 어디 있겠는가? 그뿐인가 죽어서도 근심 걱정을 하고 있으니. 이것이 집착이다. 이 집착을 두고 부처님께서는 "지옥"이라고 말씀하셨다. 그래서 『도덕경』에 생지축지 생이불유 "도는 만물을 낳고 기르되 소유하지 않는다."라고 말한 것이다. 그 어떤 것도 움켜쥐고 있지 마십시오. 괴로움만 쌓입니다. 괴로움이 쌓이면 병만 깊어집니다. 오직 움켜쥘 것은 어떻게 하면 괴로움에서 벗어날까를 고민하십시오.

※ 모양은 있지만, 실체가 없으니 있어도 있는 것이 아니고 실체는 없지만, 모양이 있으니 또한 없는 것도 아니다. 그래서 양변을 여의면서 또한 아우르는 것을 이름하여 중도라고 한다.

솥 속에 넣어진 꽃게

부처님 당시에 왓지국의 수도 웨살리에는 암바빨리라는 유명한 기녀가 있었다. 어릴 때 망고나무 아래에서 버려진 고아를 유원지기가 데려다 키웠다. 어릴 때부터 성인이 될 때까지 머리끝에서 발끝까지 너무나 출중한 외모 때문에 왕자들이 전쟁을 일으킬 정도였다. 사태의 심각성을 안 재판관이 "너는 모든 사람의 소유가 되어라."라고 하여 기녀가 되었다.

"어느 곳 하나 완벽한 아름다움을 갖추지 않은 곳이 없었다. 마치 천상의 여신과도 같았다. 슬쩍 훔쳐보는 것만으로도 가슴을 뛰게 만드는 매력을 가진 여인이었다. 이 때문에 주변국들의 부호들은 그녀에게 환심을 사기 위해 전 재산을 탕진한 경우도 있었다. 그는 자기가 원하는 남자를 마음대로 선택할 수 있었다. 그녀와 교재하려는 부자들은 마치 단맛에 물든 개미같이 물릴 줄 모르는 요구로 인하여 웨살리의 거의 모든 돈을 끌어모을 정도로 많은 돈을 벌었다."

이때 부처님께서 날란다에 계신다는 소식을 듣고 암바

　　　　　　　　　자네, 어디로 가고 있나

빨리는 경호원들에게 둘러싸여 붓다를 찾아갔다. 그녀가 붓다에게 인사를 올리고 한쪽에 앉았다. 그 가운데는 막 상가에 들어온 지 얼마 되지 않은 젊고 아름다운 비구니들도 섞여 있었다. 이를 본 암바빨리가 말했다.

"스승이시여! 아직껏 인생을 제대로 즐겨 볼 기회를 가져 본 적도 없고 아름다운 여인들을 교단에 받아들인 것은 심각한 죄악이라고 생각하지 않습니까? 자연은 우리가 원하는 것이라면 무엇이건 가질 수 있게 관대합니다. 무엇 때문에 저 젊은 남녀가 넝마를 걸친 채 배고프고 궁색하게 생활해야 합니까?"라고 당돌하게 질문을 하자 붓다는 미소를 머금은 채 말씀하셨다.

"암바빨리. 그대는 매우 아름답고 매력적입니다. 또한, 그대가 원하는 부를 가지고 있습니다. 그러나 저 경호원들이 그대를 보호하지 않고 그대 홀로 돌아다닐 때, 그대는 얼마나 자유로울 수 있습니까? 그대는 지금 이생의 생명이 얼마나 지속될 것이라고 생각합니까? 그대는 어부의 손에 잡혀 부뚜막의 솥 속에 넣어진 꽃게와도 같습니다. 그 물이 뜨거워지기 전까지는 느긋하고 편안할 수 있을 것입니다. 그러나 그 편안함과 자유는 오래 가지 않습니다. 이 세계는 무상하고 변덕스럽습니다. 그것은 누구도 무시할 수 없는 진리입니다."

당황한 눈빛을 한 암바빨리가 말했다.

"세존이시여! 듣던 대로 세존께서는 역시 참으로 준수하십니다. 만일 당신께서 저와 함께 여생을 즐기신다면 저는 당신을 위해 모든 것을 마련할 것입니다. 저의 제안에 당신의 마음이 바뀌거든 제게 알려 주십시오."

그녀는 난생처음으로 자기가 원하는 남자로부터 거절당한 채 호기심과 실망감을 동시에 느끼며 집으로 돌아갔다.

(이학종 지음, 『붓다 연대기』, 불광출판사, 2021, p. 546~549)

어느 날 부처님께서 강가강을 건너 웨살리로 오셨다는 소식을 들은 암바빨리는 가장 먼저 달려왔다.

그때 암바빨리에게 아래와 같이 말씀하셨다.

"여인이여! 편안히 앉으시오. 지혜롭고 연륜 있는 남자가 법을 좋아하고 진리를 추구하는 것은 어찌 보면 기특하달 것 없는 일이지요. 하지만 젊은 나이에 풍족한 재물과 아름다운 미모를 겸비한 그대 같은 이가 바른 법을 믿고 좋아한다는 것은 참 드문 일입니다. 여인이여, 많은 사람들이 아름다운 몸매와 재물을 보배로 여기지만 그건 진정한 보배가 아닙니다. 매끈하던 피부도 세월이 가면 낙타의 등처럼 거칠어지고, 튼튼하던 다리도 어느 날 돌아보면 지

자네, 어디로 가고 있나

광이에 의지해 후들거리게 됩니다. 영원을 맹세하던 사랑도 봄볕 아지랑이처럼 흩어지고, 천 겹의 성처럼 나를 보호할 것 같던 재물도 한 줌 모래처럼 손아귀를 빠져나갑니다. 아름다운 건강도 사랑도 재물도 무상한 세월의 힘 앞에 무릎을 꿇고 맙니다. 여인이여 그날이 찾아왔을 때 비탄에 잠기지 않으려면 진정한 보배를 찾아야 합니다."

"암바빨리가 합장하고 공손히 여쭈었다."

"세존이시여, 무상한 세월의 힘에도 파괴되지 않은 보배는 무엇입니까? 그날이 찾아왔을 때 나를 지켜 주고, 위로할 참다운 보배는 무엇입니까?"

"여인이여! 참다운 법에 따라 수행한 공덕은 세월의 힘이 감히 침범하지 못합니다. 내가 사랑하는 이는 내 곁을 떠나고, 두 번 다시 보고 싶지 않은 이들은 꼭 다시 만나게 됩니다. 세상 모든 일이, 세상 모든 사람들이 내 마음처럼 곁에 머물지도 떠나 주지도 않습니다. 하지만 바른 법만큼은 나의 뜻대로 영원히 곁에 머물며 큰 위안과 기쁨이 되어 줍니다. 누군가에 의지하고 무엇인가에 의지한다는 것은 큰 고통입니다. 둘도 없는 그들도 나의 뜻대로 나를 아껴 주고 사랑해 주고 보호해 주지 않습니다. 당신이 가진

미모와 재력 역시 고통을 초래하는 덫이 될 수 있음을 분
명히 알아야 합니다."

(대한불교조계종교육원 부처님의 생애 편찬위원회,
『부처님의 생애』, 조계종출판사, 2010, p.375~376)

이 법문을 들은 암바빨리는 내일 저녁 자기의 망고나무
숲에서 부처님과 제자들에게 공양을 올리겠다고 말씀드
리자. 부처님께서는 부드러운 미소로 공양을 허락하셨다.
그 후 암바빨리는 인생의 무상함을 느끼고 망고나무숲과
그 많은 재산을 승가와 주위에 나누어 주고 출가하여 피나
는 정진으로 수행하여 아라한이 되었다고 한다. 그가 아라
한이 되는 데는 마가다국의 빔비사라 왕 사이에 태어나 먼
저 출가한 아들의 도움이 컸다고 한다.

우리의 인생이 솥 속에 넣어진 꽃게처럼 물이 뜨거워지
기 전까지는 자유로울 수 있지만, 그 물이 뜨거우면 그 꽃
게는….
집 나간 남편도 돌아올 수 있고 잃어버린 돈도 되찾을
수 있지만, 세월은 절대 거꾸로 가는 법은 없다. 우리는 태
어나는 순간 생로병사를 피할 수 없는 존재이다. 날다람
쥐처럼 재빠르던 젊음도 스치기만 해도 깨지는 새알의 껍

질처럼 늙고 병들면 몸과 마음이 나의 뜻대로 움직여 주지 않는다고 한다.

그뿐만 아니라 늘 하루에도 이루 헤아릴 수 없는 사건 사고로 인해 수많은 사람이 크게 다치거나 목숨을 잃는다. 나의 의도와 관계없이…. 지금 굉음을 내고 지나가는 앰뷸런스 안에 나와 나의 가족이 안 탈 것이라고 그 누가 장담할 수 있겠는가? 사람 몸으로 태어나 정법 만날 수 있는 시간은 누구에게나 오지 않는다.

화살보다 빠르고 황금보다 귀한 이 소중한 시간이 나에게 할당된 날은 그리 많지 않다.

이 세계는 누가 만든 것인가

"이 **환영**은 내가 만든 것이 아니며
이 **재난**은 타인이 만든 것도 아니다.
원인을 연유로 생겨났다가
원인이 소멸하면 사라져 버린다.
마치 어떤 씨앗이 밭에 뿌려져
흙의 **자양**을 연유로 하고
습기를 조건으로 하여
그 두 가지로 성장하듯이.
이와 같이 **존재의 다발**과
인식의 세계 또는 이 **감각 영역**들은
원인을 연유로 생겼다가
원인이 소멸하면 사라져 버린다."

(전재성 역주, 『오늘 부처님께 묻는다면』,

한국빠알리성전협회, 2002, p. 52~53)

우리는 각자의 몸에 대해, 엄마 아버지 외에 다른 존재
들의 도움으로 생겨났다고 한순간도 의심해 보지 않았을

자네, 어디로 가고 있나

것이다. 물론 내가 낳은 자식도 마찬가지이다. 그런데 부처님께서는 나를 비롯하여 일체 모든 존재는 "원인을 연유로 생겼다가 그 원인이 소멸하면 사라져 버린다."라고 말씀하셨다. 이것이 부처님께서 깨달으신 연기법이다. 우리는 나를 낳으신 분은 엄마 아버지이고, 내 자식은 나와 배우자의 사랑의 결실이라고 생각한다. 그 말이 틀린 말은 아니다. 그렇다고 꼭 맞는 말도 아니다. 왜냐하면, 엄마 아버지만 나를 만든 것이 아니고, 부부 두 사람만이 자기 자식을 만든 것이 아니기 때문이다.

나의 자식은 부부의 애틋한 사랑과 이 우주법계의 동참으로 곱게 빚어낸 합작품이기 때문이다. "마치 씨앗이 밭에 뿌려졌을 때 흙의 자양분을 연유로, 습기를 조건으로, 싹을 틔우는 것과 같다." 일체 모든 존재가 이와 같은 원리로 생겨난다. 이것이 세계의 본질이다. 우리가 부모나 자식이 일찍 죽으면 애통해하는 이유는 내 부모이고 내 자식이라고 생각하기 때문이다. 이제부터는 그 앞에 붙은 '내', '나'라는 말을 빼야 한다. 마음이 한결 가벼워질 거다. 그렇다고 함부로 팽개쳐버리고 찰래찰래 싸돌아다녀서는 안 된다. 관심을 가지되 집착하지 말라는 뜻이다.

깨달은 사람도 추위가 오면 추위를 느끼고 더위가 오면 더위를 느낀다. 하지만 그 추위와 더위 속에 추위와 더위를 느끼는 주체가 없다는 것을 꿰뚫어 알기에 괴로움을 받지 않는다. 그래서 '나'는 '더워 죽겠다.'라고 절대 말하지 않는다. 그냥 더울 뿐이다.

※ 환영: 자신의 존재. 즉 색수상행식 오온을 말한다.

　재난: 자신이 괴로움의 장소이므로 자신의 존재에 관하여 이렇게 말한 것이다.

　자양: 땅의 양분을 뜻한다.

　습기: 수분

　존재의 다발: 다섯 가지 존재의 다발[오온: 물질(색). 느낌(수). 생각(상). 의지(행). 의식(식)]을 말한다.

　인식의 세계: 18계를 말한다.

　열여덟 가지 인식의 세계. 즉 시각의 세계, 형상의 세계, 시각 의식의 세계, 청각의 세계, 소리의 세계, 청각 의식의 세계, 후각의 세계, 냄새의 세계, 후각 의식의 세계, 미각의 세계, 맛의 세계, 미각 의식의 세계, 촉각의 세계, 감촉의 세계, 촉각 의식의 세계, 정신의 세계, 사실의 세계, 정신 의식의 세계를 말한다.

　여섯 가지의 감각 영역(육입처): 시각의 영역, 청각의 영역, 후각의 영역, 미각의 영역, 촉각의 영역, 정신의 영역을 말한다.

(용어 해설, 위의 책 p.52~53 주석 옮김)

자네, 어디로 가고 있나

해인사 용맹정진

해인사 강원에는 타 강원과 다른 점이 하나 있다. 그것은 하안거와 동안거 결재 때, 갓 출가한 학인 스님들도 법랍 50~60년 되시는 수좌 스님들과 함께 해인사 소림선원에서 7일 7야 용맹정진할 기회가 주어진다는 것이다. 강원스님들이 졸업을 하기 위해서는 의무적 8회 중 5회를 참석해야 한다. 출가 때부터 선원을 고집하던 나 또한 1학년 하안거 결재 때부터 참가하게 되었다. 참가를 위해 약 한 달 전부터 몸풀기를 했던 나는, 하안거 결재 종반을 약 2주 정도 남겨 두고도 잔뜩 긴장해 있었다. 선원에 처음 올라온 나와 강원 학인 스님들은 말 그대로 긴장의 연속이었다. 혹시 잘못하여 윗반 스님들에게 지적을 받으면 반 전체가 참회를 받을 수 있기 때문이다. 나로 인해 도반 스님에게 피해를 주는 일이 발생할 수 있기 때문에 항상 조심하지 않으면 안 되었다. 용맹정진에 참석하기 위해서는 삼천 배를 해서 해인사 방장 스님께 화두를 받아야 한다. 대적광전에서 밤새워 삼천 배를 마치고 다음 날 아침 화두를 받기 위해 방장 스님께 갔다. 그때 받은 화두가 무자 화두

자네, 어디로 가고 있나

였다. 한 스님이 조주 스님에게 "개에게 불성이 있습니까?" 라고 하자 조주 스님은 "무."라고 했다. 왜 조주 스님은 개에게 불성이 없다고 했을까? 분명 경전에는 "일체중생 실유불성 일체중생에게는 모두 불성이 있다."라고 했는데, 이것을 의심하여 화두를 타파하라는 것이다.

　화두를 받고 며칠 뒤 새벽 3시경, 용맹정진에 참가하는 스님들은 한 줄로 서서 소림선원으로 향했다. 생전 처음 올라가는 선원도 궁금했지만 내부는 어떻게 생겼으며 스님들은 어떻게 좌선을 할까? 등등 궁금한 것이 한두 가지가 아니었다. 용상방 이름이 불리고 이제 본격적으로 일주일 동안 잠 한숨 못 자고 지내야 하는 자신과의 싸움이 시작되었다. 좌복에 앉아 "왜 조주 스님은 개에게 불성이 없다."고 했을까, 되뇌면서 용맹정진이 시작되었다. 50분 정진에 10분 방선이다. 첫날 하루 정도는 참을 만했다. 그리고 둘째 날도 독하게 마음먹고 또 참았다. 그런데 3일째 되는 날부터는 10분 방선 시간이 기다려지고 손, 무릎 등 관절 부위마다 통증이 오기 시작했다. 40이 넘도록 세속에서 양반다리를 하고 앉았는데 출가하여 반가부좌를 하고 있으니 사지가 틀리고 뼈마디가 쑤셔 참을 수가 없었다. 그 고통은 느껴 보지 않은 사람은 아마 짐작도 못 할 것이다. 처음에는 아픈 곳에만 파스를 부치다가 시간이 지남에 따라 발목, 무릎 등 온몸에 파스 도배를 해도 통증은 가시지 않았다. 산모가 아이를 낳아도 몇 시간만 고생하면 된다던데 이 통증은 몇 시간이 아니고 며칠이 되어도 그 고통은 말로 설명할 수가 없었다. 그렇다고 약 1m 바로 맞은편 어른 스님들이 지켜보는데 꼼지락꼼지락 움직일 수도 없고 정말 미칠 것만 같았다. 경상도 말로 화딱질이 나기 시작했다. 만약 통증을 못 참고 참선 중에 방을 뛰쳐나가면 해인사 강원을 그만둬야 하고 그렇다고 참고 가만히 있자니 통증이 심해서 견딜 수가 없고 이러지도 저러지도 못하는 진퇴양난의 길에 서게 되었다. 무자 화두는 동쪽으로 갔는지 서쪽으로 갔는지 모르겠고 입승 스님의 죽비소리만 기다리게 되었다. 이렇게 일주일 동안 전념해서 무사히 용맹정진을 마치고 동안거를 거쳐 대중 스님 덕분에 무사히 회향을 할 수 있었다.

나는 해인사 강원을 졸업할 때까지 6번의 용맹정진에 참가했다. 그때 통증이 심해 화두는 나를 버렸지만, 용맹정진을 통해 인욕을 배웠다. 공덕 중에도 인욕의 공덕을 참으로 중요하게 생각하게 되었다. 42.195km를 달리는 마라톤 선수가 2시간이 넘는 시간 동안 달리기 위해서는 얼마나 강한 기본 체력을 길러야 하는지를 알 수 있었다. 우리는 기초 운동과 체력 강화를 위해 남보다 더 많이 노력해

자네, 어디로 가고 있나

야 한다. 우리의 인생살이도 충분한 준비 없이 좋은 대가
를 바라서는 안 될 것이다. 새벽 3시, 방선 죽비와 회향 죽
비가 시작되자 그 모든 고통이 사라졌다. 좌복을 들고 강
원으로 돌아오는 길에 본 새벽하늘이 지금도 선명하다. 별
이 초롱초롱 빛났고 나무 사이로 보이는 달은 나를 따라
오더니 숨어 버렸다. 아침 공양 후 강원 스님들과 남산 제
일봉 산행을 마치고 저녁에야 처소로 돌아와 잠을 잘 수
있었다. 이제 와 생각해 보니 화두 참구하는 놈은 본래 없
더라.

괴로움의 종식

바히야 다루찌리야 존자는 출가하여 홀로 수행하여 많은 사람들로부터 존경받고 공양받고 의복과 음식과 처소와 필수 의약품을 보시받았다. 그러던 어느 날 예전의 친지였던 천신의 도움으로 부처님을 친견하러 갔을 때 부처님께서는 싸밧티시에서 탁발을 하고 계셨다. 존자는 세존의 두 발에 머리를 조아리고 세존께 이와 같이 말했다.

"세존이시여, 제가 오랜 세월 유익하고 안녕하도록 세상에서 존경받는 님께서는 가르침을 주십시오. 올바로 잘 가신 님께서는 가르침을 주시옵소서." 하니 세존께서는, "바히야여, 지금은 알맞은 때가 아니다. 나는 도시로 탁발하러 가는 길이다." 두 번째에도 똑같은 질문을 하자 똑같은 방식으로 거절을 하셨다. 세 번째에도 같은 질문을 하자 부처님께서는 아래와 같이 법문을 해 주셨다.

"바히야여, 그렇다면 그대는 이와 같이 배워야 한다. 볼 때는 보여질 뿐이며 들을 때는 들려질 뿐이며 감각할 때는 감각될 뿐이며 인식할 때는 인식될 뿐이다. 바히야여, 그대는 이와 같이 배워야 한다. 볼 때는 보여질 뿐이며 들

자네, 어디로 가고 있나

을 때는 들려질 뿐이며 감각할 때는 감각될 뿐이며 인식할 때는 인식될 뿐이므로 바히야여, 그대는 그것과 함께 있지 않다. 바히야여, 그대가 그것과 함께 있지 않으므로 바히야여, 그대는 그 속에 없다. 바히야여, 그대가 그 속에 없으므로 그대는 이 세상에도 저세상에도 그 양자의 중간 세상에도 없다. 이것이야말로 괴로움의 종식이다."

바히야 다루찌리야 존자가 이 법문을 듣고 바로 아라한이 되었다. 바히야는 부처님의 제자 수행자 가운데 가장 빨리 아라한이 된 존자가 되었다. 그런데 세존께서 떠난 지 얼마 되지 않아 바히야 다루찌리야 존자는 어린 송아지를 데리고 있는 암소에 부딪쳐 목숨을 잃었다.

(전재성 역주, 『우다나 감흥어린 시구』,
한국빠알리성전협회, 2009, p. 269~273)

위 이야기에서 보는 바와 같이 부처님께서는 "볼 때는 보여질 뿐이다."라고 말씀하셨다. 그런데 우리는 '내가 본다.'라고 생각한다. 없는 내가 어찌 볼 수 있단 말인가? 이것이 망상이다. 보고 있지만 보는 나 없이 보고 보여지는 대상이 있지만 보여지는 대상 없이 보여지므로 볼 때는 보여질 뿐이다. 즉 '봄만 있지 보는 주체가 없다.'라는 말이다. 봄만 있는 것 또한 의지하여 연기적으로 생겨난 의식이다. 들을 때, 감각할 때, 인식할 때도 이와 같다.

아름다운 꽃이 내 앞에 있어도 그 꽃을 보고 인식하는 주관인 내 눈이 없으면 그 꽃을 볼 수 없고, 꽃을 보고 인식하는 내 눈이 있어도 인식 대상인 꽃이 없으면 인식할 수 없다. 그러므로 대상과 나는 개별적으로 분리되어 따로따로 존재할 수 없다. 그래서 부처님께서는 "볼 때는 보여질 뿐이다."라고 말씀하신 것이다.

꽃을 볼 때 그 꽃을 보는 나는 "온 곳이 없이 생겼다가" 그 꽃이 보이지 않을 때 그 나는 "간 곳 없이 사라진다." "이 세상은 내적 감역. 즉 안이비설신의를 말하고, 저세상은 외적 감역. 즉 색성향미촉법을 말하고, 그 양자의 중간 세상은 안식, 이식, 비식, 설식, 신식, 의식의 세상을 말한다."라고 한다.

12월 31일

작년 이맘때쯤 모두 일 년 농사 계획을 신중히 세웠을 텐데 뿌린 씨앗은 열매를 잘 거두어들였는지요?

아무리 애원해도 태양은 우리의 몸에 주름살만 남긴 채 밝은 미소를 지으며 서쪽 하늘을 또 넘고 있습니다. 한 해가 지나감에 아쉬움이 남습니다. 그 아쉬움으로 인해 새해 임인년(壬寅年)에는 마음밭을 잘 일구어 많은 사람에게 나누어 주겠다고 또 다짐해 봅니다. 꿰맨 자국과 상처는 오래 기억하기 위한 흔적이라고 하듯이 지금 우리에게 일어나고 있는 일은 "우리가 저질러 놓지 않았는데 일어나는 일은 절대로 없다."라고 했습니다. 마치 산이나 들에 우두커니 서 있는 나무가 비바람과 태풍, 폭설과 한파를 피할 수 없듯이 우리도 육신이 있는 한 크고 작은 상처를 피할 수 없는 것 같습니다. 모든 것은 내가 태어났기 때문에 일어난 일이라고 해서 내 탓이라고 합니다.

우리 몸에 난 상처가 후시딘으로도 낫지 않는다면 더 많은 법신 사리(부처님의 말씀)를 복용하셔서 모든 고통에서 벗어날 수 있기를 바랍니다. 우리 몸의 근본적인 병을

자네, 어디로 가고 있나

완치하는 방법 중에 이보다 더 훌륭한 처방은 온 우주를 헤집어 봐도 없을 것입니다. 봄바람이 이 산 저 산을 꽃과 향기로 채우듯이 도의 바람과 법의 향기 또한 가까이하면 할수록 우리의 몸과 정신을 맑고 향기롭게 하여 삶을 윤택하게 만들 것입니다.

부처님의 법 향이 수천 년이 흘러도 줄지 않는 것은 수많은 생에 걸쳐 복을 짓고 진리를 위해 목숨을 아끼지 않았던 삶을 살았기 때문입니다. 흐르는 물처럼 부지런히 움직인 공덕의 결과이지요.

아무쪼록 임인년 새해에는 불자님들의 가정에 불보살님의 가피(加被) 충만하여, 내딛는 첫발은 새털처럼 가볍고, 하시고자 하는 일에는 바람이 허공 가운데서 막히거나 걸리는 일 없듯이 순탄하기를 간절히 두 손 모읍니다.

나무묘법연화경(南無妙法蓮華經)

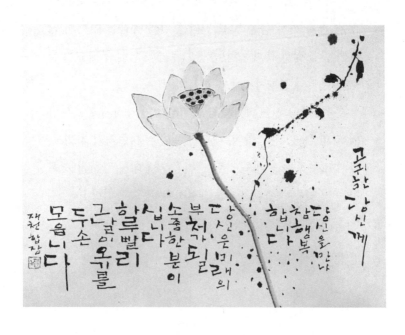

자네, 어디로 가고 있나

© 재천, 2021

초판 1쇄 발행 2021년 12월 29일
　　2쇄 발행 2022년 8월 9일

지은이　　재천
펴낸이　　이기봉
편집　　　좋은땅 편집팀
펴낸곳　　도서출판 좋은땅
주소　　　서울특별시 마포구 양화로12길 26 지월드빌딩 (서교동 395-7)
전화　　　02)374-8616~7
팩스　　　02)374-8614
이메일　　gworldbook@naver.com
홈페이지　www.g-world.co.kr

ISBN　979-11-388-0515-5 (03810)